天龍國餘生錄

美女與野獸篇

The Survival Of The Divine Dragon District

Beauties And The Beasts

盼晨｜著

「人生的結局已經定了！接下來要想的，只剩如何走得漂亮。」

——摘自天龍國前國家工程部顧問張學用《新國家政策白皮書》之序言

目錄Contents

楔子 5
一、學校 9
二、分發 19
三、流放 27
四、亡命 37
五、小俠 47
六、城市 59
七、叛黨 73
八、少爺 91
九、仙特 107
十、審判 125
片尾 139

楔子

「不准我的女兒步我的後塵，不要讓美貌成為她的詛咒。你發誓！」

一個斗篷蓋頭的女人坐在簡陋的夯土床邊，厲聲囑咐眼前一個戴黑粗框眼鏡、穿著廉價棕色獵裝的年輕男子。那男子一頭沒好好整理的糾結亂髮，憔悴的臉上表情雜揉了驚喜和悲慟，一滴淚水滾落。

牢房不到兩公尺見方，除了窄床和容穢物沖洗出去的凹槽別無長物。男子無視噁臭蹲跪鐵柵欄外，一手抓著鐵桿，伸長右手握緊女人不斷顫抖的手。

控制住自己的情緒，他先安撫她說：「我發誓！以年度評鑑發誓，不能保她平凡過日，就讓我流放到那該死的伏瑞司特去。」

天曉得他能擔保什麼？為了讓眼前的女人安心，他發了要命的咒誓！

「平凡……很好。」女人喃喃說著，一手拉下了斗篷，露出蒼白臉上多道割痕。男子倒吸一口氣，眼淚噗地滾落，顫顫說道：

「妳這是何苦呢？」

女人則盯著他冷淡說：「找到她，就在她臉上也造些疤痕。」

男子看入那雙依稀明澈的大眼睛，尋索曾經的溫暖，卻只感覺到自己被寒霜凍傷。她瘋了，他再也找不回過去的那個愛人。但，沒時間多做爭辯了！

御監是國中管理最嚴格的監獄，進來一趟所費不貲。一聽到機械門喀喀作響，知道賄買來的時間用完了，他轉頭盯緊門口，急問：「小孩！快說。妳的女兒，登記什麼名字？」

「艾薇！」（Ai-wei）

母親大喊女兒的名字，一個可以用來搜索的關鍵詞，接著歇斯底里大哭，引發其他囚犯一陣刺耳飆罵。男子不能再耽擱，門一開始落下就衝出去，讓身後厚重的鋼門連同牢裡頭的哭鬧一同關閉。

不容他感傷！面對攝影機，他擠出微笑，故作輕鬆沿坡道走出來，經過十幾個一樣有著龍紋圖騰的正方形機械門。

到達大門警衛室，值班員警再次省去掃描額頭的手續，露出微笑。男子立即點頭回應，掏出一個粉紅色的長橢圓蛋遞了過去。

「跳跳蛋」——情場高手必備，暢銷排行榜的長青商品。

警衛傾過身來小聲問：「怎麼用？」

「把蛋尖的隱形按鈕按下去，再放進那裡面，保證她欲仙欲死。」

啟動成功，警衛感受掌心裡輕握住的那一陣陣令人酥麻的震動，喃喃說：「他們都說有了你親手做的這玩意兒，女僕會變浪，女人也都會自動找上門來，真的嗎？」

「是有很多人都這麼說。」他好聲回答。

一個下流的成人玩具成了大家口耳相傳的代表作，實在令人啼笑皆非。不過，水準太高的作品向來很難贏得青睞，何況是除了喝酒、女人、「打獵」，什麼都不大感興趣的職業軍人！在天龍國，血統與身分就決定了一切，貨幣只是存在政府電子資料庫的抽象概念，對一般人，拿在手中的才具有實質的意義。

名聲再高，他，仍只是一介平民。

警衛滿意地收下賄賂，就裝模作樣大聲說：「該保修的都保修好了，那麼張技師，要不要派部車送你下山？」

這好意純粹是席帝人習以為常的虛偽，意思只是可以走人了，於是他也照規矩客套回答：「不必了！我習慣走路。」

以他的身分，除非押送上囚車，沒資格搭乘任何交通工具。不但如此，他還得扳起臉，退後一步踏步立正，以左手貼心口，右手拍擊左手背後迅速向前方伸直，正經行個國定敬禮，表個必要的忠誠。

走離山洞口，望著遠處高牆圍繞的城市，男子嘆了口氣，心事重重。

他想死，但還不能死；接下來的路雖然孤單，但至少可以容他哭個夠。

就算這自由，也是難得的。

一 學校

這不是一段容易說的歷史，一路走來，說是從被蒙蔽的黑暗時代走向曙光，事實卻沒那麼簡單。世界，和人，都不是黑與白、對與錯能講清楚的。為前人所做的，我們還在付出代價。生存的本身就已經是最大的課題，重建，仍只是妄想。

何去何從？沒有定論，是個有如冤魂般糾纏不休的議題。當初做對了嗎？就公平與正義的立場向來沒有人質疑。今天卻因著情勢崩壞，居然開始有人倡議說要試試看「老路子」。老路子？我尊重所有意見的發表權利。然而隔了一個世代，大家對老路子到底是什麼、懂多少，恐怕都有疑問。

擔任這個新國家的主席兼任工程部部長迄今，不管經過什麼樣的風風雨雨，就個人的立場，決不容許有人任意踐踏我的父母以及他們的夥伴、盟友用血淚換來的生命尊嚴。「毋自由，吾寧死。」這一句比天龍國更久遠的上古遺留下來的名言鼓舞了諸位先行者，也是我堅持的信念。我的身體也許被打倒了，國家要新血輪接棒，但……

歷史不該被遺忘！

你們認識我的行事為人，被嫌嘮叨我還是要再多講一次，我家兩代技師，父親給我的教誨是：「真實是面對現實最好的工具！」我終身奉行不渝。但我不打算塑造什麼道德典範，就把聽到的、蒐集的或親身經歷的，用我的方式說出來，留給你們來評判。

我的外祖母是個會說故事的女僕——抱歉，應該正名為「管事」——張老師說我有她的遺傳，希望那是真的，免得你們乏味。不過故事還是得從必要的背景說明開始。首先，是一段被上一代人暱稱「魔音搖籃曲」的念謠……

「核子終戰，世界崩壞；天龍神威，傳聖萬代。
龍生天子，四柱永在；姜黎華練，立國所賴。
任重道遠，維繫命脈；古巫朱陸，治亂除害。
共體時艱，百姓服拜；與亡圖續，繼往開來。」

曾經，這個國家宣稱職權分明、管理有效，實踐了人人安居樂業的大同理想。

曾經，這個國家宣稱保障人權，沿襲古例廢除死刑，同時宣傳著犯罪率極低的社會秩序，自認是超越了古代先聖先賢的偉大成就！

然而，只要你肯認真探究一下就知道，這個自稱天龍國的地方不過就是個集權獨裁的政府，開頭的四字念謠自有其神聖的使命。

首先，它提到了這一個特殊的國家的特殊起源，並視為當然統治基礎，意思是要每個人因為感恩有命活著就得乖乖聽話。其次，它依血統訂定出一個社會的階級根據，將國民劃分成貴族與順服的平民。又特別尊崇姜、黎、華、練等四大家族為「四柱」，享有至高無上的地位，再將古、巫、朱、陸納編為臣僕，擔負起行政管理的工作。為了實踐這樣的教條，他們強力掌握思想改造的終極機器——教育！

這就是「思固窩」的由來。

思固窩是所有平民子女強制就讀的寄宿學校，從四歲起接受政府的集中管理、一貫教育，直到十六歲畢業分發。也就是在「人民是國家的產業」這句口號的背後真相是：一般老百姓能享有天倫之樂的日子頂多四年，接著是把你徹頭徹尾模塑成「可用之材」的政府投資。

學校面積不大，但最多曾一次容納五萬個學生就讀。在一個將總人口依法控制為十四萬四千人的國家，這麼多的學生會令一些老師打起成績來惴惴難安的。雖然名稱是校園，但牆高兩公尺，頂上架設全天候通電鐵絲網。北面緊貼城市的高牆上設有多座瞭望台，終年駐警，戒備之森嚴不輸一般監獄。

就算逃得出思固窩，整個天龍國邊界是「凡思」——高科技太陽能電網，防護能力號稱是鳥飛不過、老鼠沒地方鑽。加上借電延伸架設的鈕凡思，全國以席帝城為中心分四區監管。逃亡，連偶爾放在夢裡都嫌太大膽。

學生進窩後，課前大聲背誦六十四字箴言成為輕忽不得的神聖儀式，膽敢挑戰權威就是拿自己的未來開玩笑。課程除了國家最重視的公民教育，規劃的都是實用的職業訓練。再把勞動服務與團體自習也算進的話，一整天排得滿滿的課表，沒有什麼私人時間。

實際上課資源非常拮据——說穿了，是食物配給能夠按時定量送達就要謝天謝地了！堪用的建築物損壞了，修補都得靠學校自己動員學生就地取材處理。

只有課本可能是新的，尤其是公民教育用的《平民倫理與國家法規》最常整批汰換，但這絕對不是什麼好事，因為回收作業嚴格到缺一本就得有人拿命來負責的地步。

這就苦了學生，特別那些對成績在意的。要知道，課本管理嚴格，不可能讓你帶一本回被窩裡憑著高窗透進來的月光偷偷複習的，又沒有所謂的紙啊筆的，這類只有校長辦公室才看得到的珍稀用品。在思固窩的學習，幾乎是什麼都得要靠頭腦死記起來。雖說教師擁有評量自主權，但是測驗通常很簡單——輪流叫上來背，背錯一字扣一分——無關理解實用，但非常客觀公正。

背什麼呢？最常見的就是各個名詞的定義。

例如「戀愛是男女到了青春期因為賀爾蒙分泌旺盛的關係所產生容易失去理性判斷的暫時性情緒失調行為。」或「天龍血脈傳承自遙遠的上古眾神特選的四位先祖，在他們的遺傳因子裡被賦予管理地球生命之鑰，是天龍國維持存在不可或缺的最首要條件。」諸如此類。另外還有料理課的食譜、煉鐵成鋼的流程、禮儀課的古代語言……數據、符號一大堆，光想像就會讓人抓狂。

此外，光功課好是不夠的。「學生忠貞思想與道德品行綜合考評鑑定」——簡稱「忠道評鑑」——更是要人命！一個項目未達標準，輕則接受輔導處在夠疲累的課表之外多加令人頭皮發麻的感化課程，重則失去分發資格——活下去的權利。

所以，儘管絕大多數老師的教學方式只是呆板的口述講課，學生個個乖順，就怕成績未臻理想或評鑑留下不良紀錄，將來就是死路一條。而這個「死」字，絕非只是個嚇唬小孩的誇飾詞！

過去學校不只一次割腕、跳樓等自殺事件像傳染病般蔓延開來，推根究底都是無趣的日子容易把人逼入灰暗的角落裡鑽牛角尖。讓人有所期待，儘管不多，就像成天吃的怪味豆渣餅、水煮馬鈴薯加一點點鹽巴，還是能讓生活比較過得下去。

幾乎所有的課程都枯燥乏味，幸好只是幾乎！張學用老師的理工課程就是所有高年級生絕不想錯過的！

鑲在他額頭上的銀片，表示他待過城市。不同於其他平民只能取單名的限制，罕見的雙字名更象徵著他擁有過讓當權者都肯定的傑出貢獻，不過他總是敷衍說：「沒什麼，僥倖他們喜歡我的幾個發明罷了！」

「學以致用」是他的名字，也是他的教學原則，因此每堂課都是扎扎實實的挑戰與對科技奧妙變化的驚豔。

這一天，就像過去許多不斷輪迴的日子，等全班精神抖擻讀完國訓，為了終於又等到這一時刻而興奮不已。雖然窮酸的學校只能提供課本，張老師的備課卻從不馬虎。這次又見他搬來了一個大箱子，從裡頭拿出一個拳頭大的東西問說：

「誰認得這個東西？」

「那是一個馬達內的線軸。」邵保照例舉手搶先回答。

這位班上公認的天才，不必貴族費工夫的理容手段，不同於普遍的黑眼睛、黑頭髮，一雙碧綠色眼睛、一頭淡黃色頭髮，英挺帥氣，從女生們偷瞄的神情就知道他多受歡迎了！

老師點個頭表示嘉許就繼續解說：「沒錯！電動機，俗稱馬達，在以電力為主要能源的天龍國，是機械力的基本。不過基本雖基本，會做就好用。今天，第一個挑戰就是實踐所學，做出一個能動的馬達出來。」

說完，老師清出箱子裡的東西，現場擺放著各種大小粗細不等的電線、鐵棒。從構圖設計、選擇材料，到捆紮組合出各具巧思的原創裝置，課程井然有序。

秩序不就是安靜，安靜並不是學習的正常現象。

「這東西就是要捆的越大，力量越大，能做的事才越多。」一個叫范仲的學生大聲嚷嚷，試圖說服組員配合他搞出一個超級馬達。

「人家邵保的馬達就做得小小的！」邵保常是大家追隨的典範，有人不滿范仲的強勢就心不甘情不願地叨絮著。這又惹得范仲咆哮：「邵保又怎麼樣？一個乖乖牌能幹什麼大的！既然抽籤到了這一組，要不你想出一個更好的主意，別在那裡吱吱歪歪搬出邵保來壓我。」

頓時該組陷入尷尬的沉默。邵保則裝作沒聽見，專心做自己的事。

「與其錦上添花，不如雪中送炭。」張學用向來欣賞范仲的豪爽敢為，所以出面緩頰。然而他那一句深奧的古諺語聽得大家一頭霧水，頂多分散了注意。接著他又說：「跟隨成功者的成功，不算是成功；能夠支持朋友實踐夢想的情誼，才是超越成功的成功。」

對於這一群很少能好好思考人生哲學問題的學生來說，這句話更難懂！

「可是我們要成績啊！沒有好成績，就不能順利入選技師，那麼，什麼成功不成功的，就都沒有意義了！」一位叫做汪德的學生務實地提出質疑。

「咳！人生不該只有這樣……」老師以輕到沒有人留意的嘆息，喃喃說著。但那也只是瞬間的失神，很快他對著全班朗聲宣布：

「大有大的力量，小有小的巧用，多嘗試不同的想法可以多累積經驗。科學的偉大成功常常是從一百件、一千件的失敗中激發的新火花而產生的，所以不要畫地自限，想做就好好做吧！創意失敗好過只會空談或模仿，因為從失敗中，往往可以學到更多。至於成績，我再說一次，關鍵是期末個人作業展現的才能與技巧。現在則是盡量學、盡量試的時候，不只跟組員學習，也要和對手學習。加油吧！」

就這樣，課程繼續進行，討論也更活絡了，每一組都做出獨具風格的作品來。接上電源試跑的關鍵一刻，大家屏息以待。

邵保的小馬達跑得平順無聲，令人讚嘆。

范仲的超級馬達需要兩個人才抬得動，一啟動發出價天巨響，震得大家耳膜發疼，大喊著：「快關掉！」他沒聽明白，還洋洋得意以為是在歡呼他的成功。

還有機器爆出了火花，嚇得膽小的尖叫、膽大的狂笑；也有必須讓洩氣的組員帶回拆卸檢討的。這一切看在老師過分憔悴的充血眼裡，露出淡淡的一笑，然後說：「很好！大家表現得非常好，都學到了寶貴的經驗。下一節課的挑戰更大，各組要動動腦，想想怎麼樣能把你們剛組裝的東西做成實用的商品。」

鐘響了，老師以拍手鼓勵大家，宣布下課。

☆☆☆

上課兩個鐘頭後寶貴的二十分鐘休息時間，張學用還得耐心答應完幾個學生的提問才終於抽身。然而沒回教師休息室，他抿著嘴，朝著角落一個長髮女生走去。一靠近就低聲責備她說：「要說幾次妳才懂！剪掉長髮，保持駝背的姿勢直到習慣，聽到沒？」

「不用你管！」那女生回答傲慢，敢不把老師放在眼裡。

「別逼我在妳臉上烙個燒痕。」他威脅說。

「你敢我就告發你，讓我們兩個都流放伏瑞司特去！」她態度強硬。

名義上是女兒，但思固窩是個切割親情連繫以方便政府管理的人民公社，在校期間有一套必須嚴格遵守的生活規範，因此父女倆能夠相處的時間非常有限。

而他越來越管不了這個有主見的女孩，只能放下身段，試著搜尋安全的字眼，感慨勸道：

「愛微！聽我說，席帝不是妳想的那個樣子！」

還好他女兒自覺頂嘴有愧，緩和了口氣說：「爸！你擔心太多了，事情總要自己親眼見過才知道好不好。」

「等妳到了地獄，看到了魔鬼，就後悔也來不及了！」他沉重地回答。

「你太悶了啦！什麼事都往壞裡想。我看啊等我畢業，你就跟古芳老師去申請結婚吧！那麼可愛的女人暗戀你那麼久都不理人家，真夠呆了。」

對於女兒的關心他冷漠回應：「我的事不用妳操心。」

「那我的事也不用你管。」她倔強反駁。

「認真點，千萬記得妳的母親就是讓席帝害死的！」

「那你倒是說說看她是怎麼死的？我連我媽的名字都不知道，誰知道你是不是唬我！人家教禮儀科的周媚老師當過女僕，她就很鼓勵我們女生有機會就該進城去開開眼界。」

上課鐘響了！這時候他也只能把握最後幾秒，表情哀傷盯著她說：

「妳不一樣！在天龍國，美貌是一種可怕的詛咒。」

二 分發

畢業了！同時也是決定每個人前途的重要時刻，但思固窩沒有表示慶祝或感傷的儀式，所有學生靜靜坐在大禮堂等候直接分發的程序進行。

天龍國嚴格執行人口控制，其中最重要也最簡單的方法就是定額分發。

依規定，每一年各行業依照需求算出額度由應屆畢業生選補。方式分為恩選、發配、流放三種，流程則分成四階段進行。照慣例第一階段是女僕，有專門的評審團負責現場遴選，所有女學生一律參加。

女僕的工作以教科書的敘述簡單說，就是進到城裡擔任席帝貴族的管家。許多女孩子幻想著高富帥貴族的青睞，在無趣的學園生活中編織著麻雀變鳳凰的綺夢。只是評選通常很耗費功夫，至少會用掉一整個上午。

女僕選完，其他的項目就快多了。第二階段統由電腦運算學習成績的加權分數，不分男女，憑總積分高低，以唱名方式選出廚師和技師，所有「蒙恩」進城的職位就算添補完畢。然後席帝來的技師會在所有恩選的學生額頭鑲上晶片，那張薄薄的金屬片除了是識別証，也是一張記錄要命點數的信用卡。

剩下的就都進入稱為發配的第三階段——到法摩湖畔當農夫，或者麥拿山區當礦工。這一選重視勞動能力，選上的人則是在額頭烙上年度印記再發送到工作地，到了當地還有分工、分房、強制婚配等問題要處理。

至於沒被選上的弱者與忠道評鑑不及格的劣徒，等著他們的命運只有流放。

這是廢除死刑的國內處理罪犯的終極方式——不再享有勉強餬口的配給，遺棄在伏瑞司特的森林裡自生自滅。雖然教科書聲稱：流放制度是為了保障多數人的福祉的無奈之舉，同時也給予罪犯一個悔悟更生的機會，然而從未聽聞伏瑞司特成功建立過任何人類活動的基地。

相較以往，今年算是個幸運年。在歷年節育成效不錯的情況下，加上去年底的礦山災變，必須接受流放命運的學生估計不到三百人——這數字大約這一期畢業生的十分之一。

愛微座位旁邊是個綽號叫小幽的女孩，一雙大眼睛左眼斜視，忽然看到還真的會嚇人。她功課不好，正緊張地搓著手。看到愛微坐進座位，露出了僵硬的苦笑，像是打招呼，更像是在發出求救訊號。

競爭這麼可怕，誰是真正的朋友呢？小幽相對不具威脅，也是愛微在班上少數能和平相處的同學，然而自身難保，因此也只能尷尬回個笑容。

邵保坐進她正後方，突襲拍了她頭後道聲嗨，她則回頭賞給他個皺眉，怨不得人，誰叫他平時老愛捉弄人家！

「希望妳不會被選上？」男孩在她的耳邊擠出這樣一句無厘頭的問候。

「你說什麼？」愛微生氣嘟嘴，但礙於現場氣氛凝重，不敢造次。

「我是說，妳爸爸什麼都教會了妳，妳成績又那麼好，來當技師一定很棒。」他耳根子紅熱說著。

同職業的人才有機會在一起。但這時候來告白，有沒有搞錯啊！

不是不喜歡他，而是不能。學校管理嚴格，談情說愛向來是禁忌。因此愛微也只能裝酷回說：「他說你是青出於藍，所以呀！小女子我不敢跟你搶飯碗。」

邵保一時哽咽語塞，因此愛微也就好心不再像往常一樣繼續鬥嘴激他。等廣播宣布女學生集合，她起身回他一個最後的微笑，就強作精神大步朝講台移動。但她還沒走到一半，會場卻闖進了幾個開啟著電子手錶掃描模式的警察，在女學生魚貫向前的隊伍之間穿梭，一路從前面盤查過來。直到其中一個攔住了愛微，掃描臉部確認後，以嚴厲的口氣質問：「妳是張愛微，張學用是你的父親？」

「沒錯！請問有什麼事嗎？」她嚇到了，但仍盡量保持禮貌回答。

「跟我們走一趟。」警官話一說完就抓住她的手臂上銬，將她反方向帶往禮堂後方出口。

沒想到還沒步出禮堂，傳來了熟悉的聲音嚷著說：「喂！你們幹嘛抓我？我是做錯什麼了？」

「邵保？」

轉頭看去，訝異他也被押解，卻是讓她聯想到了思固窩的愛情禁令，臉上剎時起了一陣紅暈。但這說不通，比起許多傻氣的花癡，她自認隱藏得很好。就算誣告，或有人會讀心……但頂多記個過再接受一連串折磨人的感化課程就是了。

就這樣帶著疑惑，愛微與邵保跟著警察一行人穿越禮堂門廳，經過正在上課的教室，響亮劃一的皮鞋聲在空蕩的走廊迴響，卻只有一位本名古・伊利亞德・芳婷的家事科老師，仗著貴族身分才敢走出教室來攔截詢問說：「怎麼回事？這兩個不是剛畢業等著要分發的學生嗎？你們想帶他們去哪裡？」

這些警察沒人理會，直接推開她就繼續前進。愛微轉頭張口想求救，但古芳則忌諱犯上擅離職守或甚至是妨礙公務等重罪，只能喊話說：「愛微別擔心！這一定是有什麼誤會，我等一下就去找妳爸和校長救你們。」

「爸爸？」

愛微這才發現今天一路來都沒看到張學用，但來不及多想，已經被帶進了暫充審訊室的輔導處主任辦公室。警察將兩人銬在靠牆的一張杉木長條椅，然後分兩邊侍立待命。辦公桌則坐著一位銀短髮、鷹勾鼻的中年軍官，他制服肩頭上有顆金色的星徽。

將軍正專心看著手頭的資料，一時沒理會他們。愛微慌了，忍不住就隨便找個理由怪罪邵保說：「都是你啦！沒事找人家講話。」

「從來沒有人說分發時不准講話，而且講話的又不止我們兩個。」邵保控制住音量，輕聲為自己辯護。

等將軍終於開口，他口氣冷峻說：「張學用罔顧國家賜他雙字名的榮譽，今天凌晨四點五十二分爆破了學園南側圍牆，帶了九個學生一起逃走。關於這件事妳知道多少？」

聽到這樣的消息，愛微腦袋一聲轟然巨響，結結巴巴回答：「我……我不知道！」

「不可能！張老師是全窩最好的老師，你們一定是搞錯了！」邵保大聲捍衛老師的名譽，惹來他身旁的警官拿起電擊棒朝他戳去。

等用刑完畢，將軍問他：「那你呢？小子，有人說你跟張學用走得很近，曾多次違反規定溜進教師宿舍找他。」

「沒……沒有！」邵保忍住全身肌肉灼熱的疼痛，心虛地回答。但對方似乎不好唬弄，用一種帶著輕蔑的銳利眼神瞪著他看，逼得他不得不改口說：「是有幾次，不過都是我自己要去的，跟張老師無關。」

「你難道不知道學校為了避免師生發生有疑慮的關係，才會訂定相關規範嗎？為什麼你還敢甘冒大不諱去犯規？」將軍問道。

邵保很想回答：上有政策、下有對策，平常只要別太明目張膽，誰管那一大串立意不著邊際、讓人動輒得咎的校規。但他很清楚這麼一來不但無助於解決眼前的困境，反而又不知道要株連多少無辜的人。於是他語帶保留回答說：「就只是去請教上課時沒聽懂的問題，大家都知道我很在意功課。」

這樣的回答大致上也是實話，因此沒露出心虛。然而實際上不只他，「他們」是十個以「亢龍」為名、以張老師為領導中心的同好會成員，除了彼此切磋專業技能，還以暗中處理校園疑難雜症為天職，雖然歷年來新舊交替，大家歃血為盟，為什麼只留下他才是他最大的疑問。

將軍不置可否，勉強耐住脾氣宣示說：「『寧可錯殺一百，不可縱放一人』是我首都防衛隊的明訓，所以一個叛徒的女兒，一個支持叛徒的青年，流放是唯一的選擇。要知道防衛隊在天龍國布下了天羅地網，至今還沒有人能逃過我姜彼得的手掌心，這次也一樣。你們確定這麼快就要放棄戴罪立功的機會？」

他們一個什麼都不知道，一個知道自己說了實話也於事無補，都只能茫然面對姜彼得高深莫測的假笑。

「平民就是平民，跟這些牲畜打交道真是浪費我的時間！」姜彼得氣得拍桌大罵，急躁下了結論後就簽了幾份文件遞給身邊侍立的警官，逕自起身大步離開，對自己輕易就奪去兩個年輕生命的殘忍判決渾然不以為意。

邵保瞪大眼睛看著愛微，一臉驚愕。

愛微也在心裡吶喊著：「為什麼？」

她知道自己常頂撞父親，惹他傷心，卻完全沒想到他竟然會就這樣棄她而去。受不了如此重大的打擊，眼前翻黑，她昏死了過去。

三 流放

當愛微醒來，已經在前往分發之地的卡車上。一路顛簸，但有人將她的頭抱在懷裡護著，等她仔細一看，才發現抱她的正是小幽。小幽見她醒了，幫她靠著車緣坐起身來。

沒看見邵保，整車都是女生，擠在木條裝釘的籠裡，每個人都縮著身子蹲坐著。有的臉色木然，有的低聲啜泣，全車瀰漫恐懼的情緒。等到了目的地，車後的閘門打開，有士兵上前來吆喝下車。前後好幾部車，學生陸續被放下來，在一大群士兵簇擁下，為了盡量少惹麻煩大家乖順地照吩咐往前走。

忽然有個塊頭長得異常高壯的酒醉士官，頭戴鑲有綠底紅獸紋徽章黑扁帽，拋掉手中的空瓶，直直朝愛微過來。他瞪著一雙魚眼抓過她的臉看過後，用髒話大聲說：「我操他媽的，沒想到今年居然有這麼正的貨色！」

接著他嘴裡唸唸有詞一些汙言穢語，一手就伸進她的裙底撫摸非禮，嚇得愛微尖叫掙扎，但在場的士兵不是視若無睹，就是跟著起鬨訕笑。好不容易才有個年輕軍官出面說：「誰來幫忙處理一下，否則耽誤了任務，大家都要受罰。」

但身邊一個士兵聳個肩回他說：「排長，您不知道嗎？麒麟兵無法無天，誰惹到誰倒楣。我們寧願被罰個幾天禁閉，也比不明不白死在這些活死人的手底下好！我看還是等他自己玩夠了，就好了。」

所謂麒麟兵，是軍隊中的特種部隊，因隊徽上的麒麟獸紋得名，是政府以藥物注射改造的實驗軍種。在協助他們融入團體以達到實際作戰能力只准成功不准失敗的命令下，任何排斥或上訴的舉動都視為抗命而給予嚴懲。

結果是小幽衝進來撞倒糾纏著的兩人，並出奇不意對著那個生化人灑一把沙土掩護。麒麟兵迅速彈起身來，因眼睛看不見伸手亂抓沒逮到人，氣急敗壞隨意揮拳，一個士兵來不及走避被狠摑一掌飛了好幾公尺遠，就此趴地不起，引發在場眾人不分官兵囚徒一陣失序的驚慌竄逃。

小幽冒著生命危險硬把愛微從死裡拉了出來，趁著混亂趕緊再躲進學生群裡，暫時逃過一劫。逐漸遠離現場的同時，愛微咬著嘴唇忍住眼淚，接著扯亂頭髮，再抓把土抹臉，開始裝起駝背走路。

一條狹窄的黃土通道，引向前方黑影幢幢的森林，那就是伏瑞司特。

所有等待流放的人都暫時拘留在大牢。簡陋的大牢平日放空無用，直等流放的日子來到，除了軍團大出動，還要臨時架設鐵絲網、路障等設施，才能把囚犯與圍觀的城市居民分隔開來。

踏進大牢，愛微發現裡頭成千的囚犯不止她們這一群學生，還有穿著工作服的廚師、技師、女僕，甚至出現了不少髮色鮮豔、衣著華麗的貴族。身後的鐵柵門被拉上加鎖，士兵們沒有跟進來，留在柵欄外和市民一同瘋狂喧囂，像是參觀動物園一樣指指點點，肆無忌憚討論明晚即將登場的「夏獵」活動。

終於讓她找到了邵保，他和男生們在對面不遠的牆邊聚集著，正焦急地以目光四處搜索，直到和她四眼相對。這一次她不假思索就擠過人群，接受他緊實的擁抱。過去刻意保持距離、刻意用尖酸刻薄的字眼離間彼此心照不宣的感情，除了擔心違反校規，更重要的——在思固窩大家都知道，愛上一個人只是場悲劇，她不想承受註定會沒有結果的情傷。

當下兩人都註定了沒有未來，擁有的只剩下稍縱即逝的現在，所以不必再顧忌別人的眼光或心裡的徬徨——死就死吧！她想。而有個死在一起的人，是讓死亡的滋味少了一點空虛，卻多了一份眷戀的淒楚。太年輕了！對來生沒有想像，加上一開口就只想哭，因此兩人緊緊依偎，不多說什麼。

小幽默默跟了上來，愛微抬頭看到她，忍不住問說：「為什麼？為什麼要幫我？我什麼都沒有，連自己都顧不了。」

但小幽沒說話，接著咬唇下了個決心，居然就伸手插入自己的左眼。沒等愛微和邵保反應過來，她眨眨眼，原來詭異的斜視竟然好了，露出一張清秀的俏臉。

愛微手摀著口，半晌說不出話，邵保低聲問：「這……這是怎麼回事？」

小幽低頭喃喃回答：「是我求張老師幫我的。」

「可是妳的樣子很可愛啊！為什麼……」話說一半愛微就住了口，因為想起父親常嘮叨的非議女僕話題。小幽則哀怨地說：「就是可愛才會被壞人欺負。」

「難道……難道妳就是……」邵保領悟了什麼，但顧及對方的感受，沒直接把心裡的猜測說出來。但小幽還是不明顯點了點頭，一顆淚珠從臉頰滑落。

是的，邵保沒想錯，她正是過去一樁校園誘姦案的受害女童，回想小幽過往的自閉表現，應該就是內心的陰影一直揮之不去。當年校方因為案涉警方而極力掩蓋這事件，但獨立破案的張老師一役成名，成為學生間口耳相傳的英雄事蹟。

於是愛微伸手拉著容易害羞的小幽靠著自己坐，就這樣三個人彼此依靠，試著一起度過漫長難熬的一晚。

天還沒亮，大牢內鈴聲大作，有人開始在昏暗的燈光下厲聲喊叫著起床。接著手持盾牌全副武裝的士兵湧進來，或無禮調戲、或棍打叫罵，整個場景就像是在驅趕牲畜進屠宰場一樣。

沒人指示該做什麼，最前排的學生們在灰濛濛的曦光中走到鐵絲網阻體前停下腳步，看著陰森的樹林直打哆嗦。後面的人逐漸跟上來，大都低著頭，成了黑壓壓的一片愁雲慘霧。這時候忽然有個女僕喊叫說：「主人！我錯了！你要我做什麼我都做，我知道錯了！」

說著，她竟開始脫掉身上的衣服，裸露出白皙姣好的身軀。然而一看到她蒼白臉蛋多道刀疤，立刻叫人倒抽一口氣。有個穿斗篷戴帽的同伴站起身來抱住她嘗試安撫，她卻歇斯底里尖叫了起來。這可不是個情緒失控的好時機，但那樣的舉動已經不可避免地引發了更多的悲泣響應，現場陸續發生更多脫序的狀況。

愛微這時也憤慨放聲喊著說：「他怎麼可以這樣？怎麼可以……」

邵保知道她指控的是誰，無話可答，只能先緊緊抱著她，容她好好再埋首痛哭一場。

這時卻有一個矮胖的男同學趁亂爬過來擠到邵保身後，低聲在他耳邊說道：「那些席帝人都在討論要怎樣獵殺我們，還為了一個A帕絲級的女僕熱烈下注！怎麼課本從來都不提這種事呢？」

這位同學叫鄭明，外號胖呆，是班上有名的遜咖。邵保白了他一眼，因為這種時候最不需要有人來火上添油。然而他非但沒識趣走開，等確認周遭沒人注意，就暗中把一張摺疊方整的紙塊塞到邵保手裡，耳語說：「張學用給我的。」

愛微聽到有人提到她的父親，停止了哭泣。邵保小心拿過紙塊攤開看，發現是一張以紅線描出一個像是動物心臟形狀的圖案，上頭標示著許多文字符號。

「我不會拼音，很多東西只能用猜的。」胖呆說。

那是一種古代語言，席帝人喜歡說上幾句，當作炫耀自己不同於平民的象徵。因此邵保認是認得，但沒真正學過，讀不了幾個字，就拍了拍愛微的肩說：「她曾經想當女僕，禮儀課很認真，會讀這些死人骷髏頭講的話。」

愛微聽了不高興，用拳頭重重捶了邵保的胸口一下，讓他叫了聲唉唷，但還是擦掉眼淚湊過來看。接著，她指著正中間雙線大圈裡的粗字體，讀出：「City.」

胖呆一聽忍不住心裡的興奮，但還是留意到要壓低聲音說：「City. 席帝！我猜得沒錯，這果然是一張天龍國的行政區圖。」

思固窩不教地理，地圖是嚴格管制的違禁物。

大多數的地名對這群學生而言只是課本出現過的抽象名詞，除了一大串拗口的定義，實際上沒什麼概念，甚至連學校北邊那堵高聳的巨牆之後就是席帝城這麼簡單的事實都不知道。以至於有人把席帝想像成漂浮天空的巨大城堡，安裝各式各樣超科技武器，隨時會前來教訓不聽話的屬民……就不稀奇了。

隨著愛微以上右下左的次序，繼續讀出其他標註在席帝城外四個方位的粗字體：「Military, Miner, Farmer, Forest……」而胖呆跟著音譯：「美樂特銳、麥拿、法摩、伏瑞司特……」情況就更明朗了。

「所以這一圈就是『一列可碎的凡思』了！」熟記凡思的定義，因此邵保指認出粗紅的邊線就是天龍國的疆界。接著愛微讀出下邊註記的文字為：「Electric Fence.」就證實了。

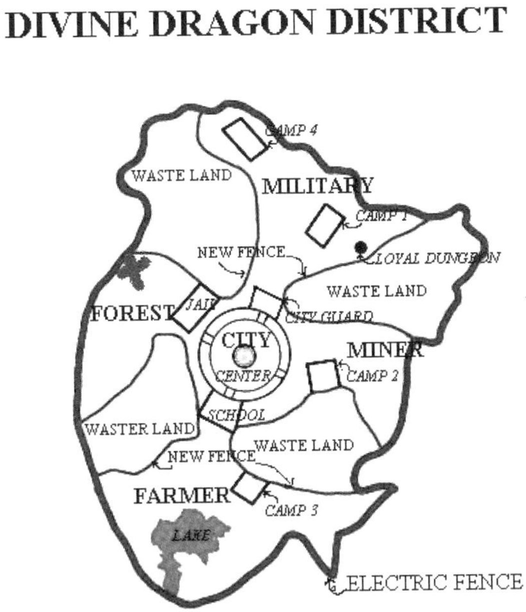

為什麼張學用會給一個註定流放命運的學生一張複印的國家地圖呢？

邵保不解，胖呆則回答說：「我也不知道。老師一個月前發作業時給我的，他還交代我一定要記得：『時間到了，叉叉代表安全，保持不間斷前進才能成功。』還叫我不懂就去問邵保。我當時還以為是我的成績達到入城的標準，高興了好久。沒想到你真的在這裡出現了！」

胖呆的成績能夠獲得恩選就跟裝醜的小幽想成為女僕的機率一樣，當然是天方夜譚！只是這麼傷人的話邵保這時候怎麼樣也說不出口，但一想到老師早預料到他也會被流放，更加不可思議。然而仔細推想那聽起來像是老師指導課業的指示，轉換成他們現在的遭遇，的確很能符合需求。

於是邵保把目光重回地圖搜索，胖呆則指點了一下伏瑞司特左上角，提示他一個粗黑鉛筆手塗的X形記號。這時他心裡燃起了希望，腦袋瓜子似乎也恢復運作。而四周圍的人們在士兵棍棒威嚇之下回復了平靜，所以他悄聲對著同伴們說：

「看來，老師是想告訴我們一個在伏瑞司特可以安全藏身的地方。」

天亮了！

一位中校指揮官在一班憲兵隊護衛下走到隊伍的最前面，以擴音器宣告：「伏瑞司特屬於國家軍團訓練用地，為執行本年度夏季流放任務，今天從太陽升起到下山為止，天龍國合法居民未經許可不得擅入該地區活動，違者將依規定逮捕拘禁。」

接著，前方的路障移開了。

這樣殘酷的刑罰以避重就輕的口吻帶過，「流放」已經在城市居民的鼓譟中正式開始了！但一天的寬限並不是為了同情或體恤，而是避免太倉促的開始，整場遊戲會在一片血肉模糊的狼藉中草草結束。

裝備齊全的士兵緊接著列隊挺起盾牌，大步向前吆喝所有的囚徒離場，對行動稍慢的人動輒就是一頓毒打。結果逼得後面的人瘋狂逃難，不少人在慌亂中遭到踐踏。邵保及時拉著愛微和小幽往前小跑一段路，胖呆也機警跟了上來，因此四個人總算沒有失散。

忽然，一個穿廚師服的人停下腳步大喊：「一定是那裡弄錯了，我的點數不可能那麼低，我是遭人陷害的！我……我要申訴，還有，還有商務司的巫大人說很喜歡我的料理，他一定不會見死不救！」

那廚師一回頭，又多了好幾個也嚷嚷著冤枉或求饒什麼的人跟上，試圖向防衛隊喊話。但在指揮官的授意下，有幾個麒麟兵走上前來，赤手空拳對付這些想回頭的流放者。他們興奮發出野獸般的咆哮聲，接著以敏捷的身手戲弄手無存鐵的可憐百姓取樂，絕望的哀嚎聲響徹天際，寒了所有遭流放囚徒的心，一想到自己可能的命運，許多人都嚇壞了。

虐殺遊戲完畢，其中一個生化怪物殺紅了眼，當場扭下受害者的頭顱，使勁地拋向那些因過度恐懼跑不了而目睹整個殘酷過程的其他犯人，面露猙獰嘶吼說：

「看什麼看？還不快跑，等天一黑就輪到你們了！」

四 亡命

腦袋放空走著，若是拋得掉內心的恐懼，走在林蔭下，享受涼風徐徐拂面，還能算得上是趟舒服的行程。但見識過軍隊的殘暴行徑，絕大部分人都想跟那群禽獸離得愈遠愈好，就只管背對著太陽往西直奔。漸漸跑不動了，就沿著眼前的山坡路走在一起。

但平靜沒多久，就開始因著不定時不定點出現樹幹上的血跡斑斑，或草叢裡某個殘缺的人體遺骸，引得驚嚇連連，提醒著這是一趟死亡之旅，讓每個拖著的腳步走起來除了疲累，更感覺沉重。有人放棄了求生意志，就任由自己倒臥樹下放聲痛哭。

時近中午，邵保一行人才發現走出茂密的樹林後，前方出現了一處廢棄的多層樓建築物聚落。雖然看上去殘垣破瓦，但至少可以歇腳。不久卻聽到前面先到的人陸續傳出驚駭的叫聲。

胖呆走不動了！愛微喘吁吁陪著蹲在路邊的樹下休息，倒是小幽雖然也跟著停下腳步，但看起來猶有餘力，愛微佩服地說：

「沒想到妳這麼瘦小，卻很能走。」

小幽則淡淡回答：「沒什麼，我本來想當農夫的，所以要自己多走路、多吃苦，可惜成績還是不夠。」

愛微聽了心酸，忍不住靠上前去抱抱她。走在前頭的邵保發覺其他人歇下了，就用手勢表示要一個人先去探看，請他們原地等待。這一等，卻等到愛微開始著慌了才終於回來，同時帶著令人驚悚的消息說：「廣場有成堆燒成灰的屍骨，房子到處血跡斑斑，角落還有些地方藏著腐爛的屍體，嚇死人了！不過樓房旁邊的水溝有水，我排隊排了好久才輪到，也幫你們帶了些回來。」

聽到有水，三個人精神一振，但看到裝水的用具卻又不禁皺眉遲疑了。

那可是個人的頭蓋骨！

邵保聳個肩說：「沒辦法！只能找到這個。」

胖呆不多說，接過去就喝了一口，然後遞給愛微。愛微尖叫一陣宣洩後也認命喝了。輪到小幽，她推說不渴，但還是在邵保的堅持下把水喝乾。

接著，他們準備要認真討論地圖的事。

邵保認為從現在開始最好是轉彎往右朝北方走，雖然沒有人看過巨人般雄偉的凡思，但他相信，等到了以通電鐵絲網構成的鈕凡思再沿著邊界走，就不會錯過。對於邵保所提出來的路線沒人有異議，然而對於該不該公開這個消息，大家卻有著不同的想法。
愛微認為無關緊要，小幽不敢表示意見，邵保則熱心地表示既然是救命之道，理所當然要告訴大家，能愈多人得救愈好。但胖呆卻說：「在思固窩我一直不敢告訴別人這件事，就是怕被出賣，就算現在，我也不敢再多相信誰。『人是自私的，為了活命什麼壞事都幹得出來！』這就是我讀歷史所得到的最大心得。」
即使邵保搖搖頭表示不能苟同，至少意識到了所謂的「胖呆」並不呆，一時間竟找不到什麼理由可以反駁他的立論。
時間有限，就這樣相持不下不是辦法。最後愛微充當起主席裁決說：「這樣吧！反正我們也不知道這個所謂安全的地方到底是什麼，還是先去看看再說。如果遇到覺得可靠的人，願意跟我們走的就一起走。但地圖的秘密，我們不必說太多，這樣可以了吧？」
很聰明的主意，其他同伴都點頭同意了，達成共識就準備出發。
然而愛微剛站起身，邵保拉過她來幫忙指認一對落後的女僕。愛微一看到其中一個穿著斗篷的高挑女生，不禁叫了出來：「不會吧！怎麼可能？」
原來那個女生名叫孫惠，一個大她兩屆的學姊，即使她用帽子半掩臉面，還是保有讓人一眼就能辨識出來的優雅儀態。在學校大家都相信她是選入最高權力所在的仙特委員會的不二人選，看到她這麼快就淪落到這種地步實在令人難以相信。

另外一位女僕同伴嬌小清秀，然而眼神渙散，臉上多處明顯的刀痕，近看有點嚇人。但他們還是認出她就是稍早演出脫衣秀的瘋女，兩個男生不自主地倒抽口氣並後退一大步，只有愛微走上前打招呼。

瘋女一發覺有人趨近，立刻拉著孫惠掉頭想要迴避。學姊卻認出了她，連忙對同伴說：

「不要怕！那是張學用老師的女兒。」

果然聽到了這樣的介紹，瘋女若有所思地點了點頭，不再掙扎著要走開。想到害自己遭遇這番悲慘命運的父親卻是別人信任她的理由，愛微心裡不免淒然，但沒空鑽牛角尖。隨著太陽開始偏西，爭取生存機會的時間更加緊迫，於是她開門見山邀請她們一同行動，表示多點人彼此照應，活下來的機率比較高。

孫惠聞言噙著淚水連聲感謝，立即同意了。就在兩人喝過邵保熱心再次盛來的水解渴後，一行六個人改往北邊的山坡繼續上路。

☆☆☆☆

山道崎嶇，直到黃昏，他們才來到一個乾涸的河谷。然而到處是火燒焦黑的屍骨狼藉，各種兇殘虐殺的跡象令人怵目驚心。看來不是可以得救贖的應許之地，而是慘絕人寰的地獄！有幾根斷裂的水泥方柱等距聳立，柱上人手所及之處，或是由遭流放的可憐人、或是殘忍的席帝獵人，寫滿了各種哀告、咒罵、淫穢、或是炫耀個人獵殺戰績的泥痕或血跡。

不知是嚇到還是累壞了，孫惠失魂落魄走到手碰到擋在前頭的山壁，直接軟跪了下去。倒是她的同伴耐力驚人，還能幫著她轉過身調整姿勢坐好。等其他人陸續歇下，孫惠一開口就忿忿說道：「早知道，當初就殺了那個人再自殺，好過現在這樣的折磨！」

胖呆靠孫惠近，聽到這樣的發咒忍不住回應說：「殺了天龍國的人會遭咒詛的！到時候落入永恆的虛無，靈魂可就永遠得不到安息了。」

「你信那一套？」愛微問，但語氣裡沒有輕蔑。畢竟死亡在際，不好拿信仰開玩笑。

「不然還能信什麼？」胖呆說，愛微無言以對。

「若是這樣，我寧可墮入虛空，也不願意侍候那個創造天龍國的神。」孫惠咬牙切齒咒誓，這話則說得連胖呆也無言了。

邵保看著氣氛愈來愈絕望，就勉強自己站起身來往上探看，發現有兩個半圓形水泥山洞崁在半山腰上。當其他人都臉色蒼白靠著崖壁癱坐時，他擠出幾句像是「加油！」「不到最後關頭絕不放棄！」這樣空洞的話鼓勵大家振作後，一個人冒險爬上比較好攀爬的左側山洞，卻不知道能期待自己找到什麼樣的活路。

「如果有這麼容易，底下就不會出現如此悽慘的景象了！」

他心裡知道，但不願說出口，免得喪志。不論如何，此時此刻做點什麼比什麼都不做好。好不容易攀爬上去，卻發現山洞早已崩塌。而且從上面的幾具殘破的骸骨來看，他果然不是第一個想上來尋求一線生機的人。再勉強攀著突出的岩塊，探頭觀察另一側的洞口，一樣令人失望。不過有塊鏽蝕的牌子插在無人能及的洞口頂端，牌面因支撐體扭曲而正面朝向他，依稀可辨上頭的字跡寫著「埔里隧道」。

山後不遠就是凡思，鮮紅色一列像一群並肩鐵巨人的壯觀景象，突出森林綠頂阻擋去路。儘管是第一次見識，但絕對不會錯認。

看來真的是脫逃無路。

等他下來報告，不免恐懼再次湧上眾人心頭。沒有人想怪誰，但胖呆哭叫著對不起！除了瘋女還能跟著中氣十足發一陣狂叫，其他人都累得說不出話，只能無助賴在地上等待宿命。

太陽無情下了山，天色轉暗，逃亡更見無望。

這時忽然幾個黑影從天而降，亮出彎刀、長矛、三叉戟，嚇得眾人大叫見鬼了！等靠近看清楚，才知道是普通人。而帶頭的年輕人臉上塗滿泥彩，一走上前就嚴厲質問：「你們是誰？怎麼會到這裡來？」

對方裝扮古怪，不像席帝人，讓人存了點希望。胖呆氣喘吁吁站不起來，努力揮動手中的地圖著急喊著說：「張學用……是張學用老師……叫我們來的！他……他的女兒也在。」

沒想到老師名諱在這裡也管用！那個帶頭的臉色立見緩和，換了個滑頭口氣說：「沒騙人？敢騙人就把你吊起來打屁股！」

說著，他走過去從胖呆手中拿過地圖看，若有所思點了點頭。然後在薄霧灰濛中，趁著餘暉找出狼狽不堪的愛微。一照面就裂嘴笑著說：「真正是妳耶，鴨微仔！算算，一二三……六年，整整有六年不見，變漂亮了，還怕蜈蚣嗎？」

他用一種天龍國很少人懂得的方言稱呼愛微，喚回她多年前的記憶。

「你是阿風仔——劉峰！」

看著那玩世不恭的笑容，同時記起過去被捉弄的情境……愛微認出他來了！這位可是連爸爸都嘖嘖稱奇的鬼才，同時也是個桀傲不遜，註定要遭流放的劣徒，沒想到事隔多年，竟還能再見到他生龍活虎出現。其他人則是一頭霧水，然而看到兩人似乎熟識，心裡頭就放寬多了。

「老師還好吧？怎麼沒訓練妳當技師，反倒讓妳流放到我這裡來了？」

劉峰開門見山直白問，而愛微自知有愧，可是又感覺委屈，眼眶一紅，竟哽咽說不上話來，於是邵保上前來替她回答。

「聽說他在畢業前夕帶著幾個學生，逃離了思固窩。」

聽到這樣史無前例的叛變舉動，沒想到劉峰不但不驚訝，居然還一副想當然耳的口氣回應說：「呵！悶這麼久，終於想開了！」

這讓邵保吃了一驚，他瞪著劉峰說：「你……你早知道老師會這麼做！為什麼？」

劉峰不回答，繼續追問：「他怎麼做到的？往哪裡去了？」

「好像是用爆破的方式，往南邊。」邵保據實以答。

「爆破？不像他的風格，但騙騙那群什麼都走流程的笨警察，夠了。不過，看來老頭子豁出去了，嘿嘿！一個天才老師對抗一個白癡國家！有好戲看了……好啦！要聊天得先活著，以後有的是機會，別把機會在這裡給浪費了。」

劉峰似乎知道什麼內情，但當邵保開口還想再多探點消息，他就搖搖右手食指阻止發問，然後轉身走去把其他兩個學生拉起身來，摸摸額頭、拉過手臂檢查後，吆喝拿武器待命的同伴過來，從胖呆開始準備把人帶走。

等走到孫惠兩人面前，他搖頭說：「不能信任席帝的人，我們只收學生。」

孫惠立刻哀怨回應說：「求求你別這麼說！兩年的席帝生涯我只有恨。低階的貴族還會把自家的女僕當作財產珍惜，進了仙特，沒人把我們當人看。每天戰戰兢兢，永遠不知道什麼時候又要玩什麼可怕的把戲，一旦惹毛了主人，不是挨打禁閉就是毀容流放。你看！我身上的疤痕，就是幾個禽獸玩瘋了拿熱蠟油燙我的！」

她順手一把拉掉帽子，露出左臉頰直到脖子的燙傷皺痕，情緒終於崩潰到泣不成聲。瘋女見狀走過來，拍著她的頭像哄小孩一樣咿喔安撫她不哭。愛微這時推開準備幫她綁牢吊繩的助手，也過去抱住孫惠意圖聲援，因此小幽也自己動手解開了吊繩無聲表達抗議。

劉峰不以為意繼續追問：「那妳身邊的那個女的咧？她又是什麼來歷？看那張臉八成是軍隊的傑作，誰敢保證在她身上不會放個什麼東東來追蹤或是傳染。」

邵保也忍不住助陣說：「喂！你也太冷血了吧？」

劉峰則一臉不屑地說：「呿——冷血？是例行公事！天快黑了，不然這樣，我們有事先走，你們留下來陪她哭。」

愛微狠狠瞪了劉峰一眼，他一臉無所謂。

結果還是孫惠識趣地控制住情緒，擦掉眼淚回答說：「她叫何秀，我們比學生早一天到Jail，所以是在那裡認識的。沒錯，她是那一種主人玩膩了，賣到美樂特銳充軍妓的女僕。」

「Jail？」邵保脫口問道。

答。

「Jail——賊窩，天龍國關押流放犯人的大牢，就是我們早上才待過的地方。」胖呆幫忙回答。

孫惠繼續說：「何秀臉上的傷疤不知道是哪個人渣下的手，精神狀況時好時壞，但身體我看過，沒有手術過的痕跡，應該沒藏甚麼。」

「可憐她們吧！她們之前也是學生……」

愛微儘管夢碎了，但曾經把學姊當成偶像，這時候對她們的悲慘遭遇感受良深，因此主動幫忙說情。但話還沒說完，忽然遠方城市的方向傳來了炮聲隆隆，掩蓋了所有其他聲音。

炫麗的煙火在天空綻放七彩，這樣的華麗看得六個難民面面相覷。卻只見劉峰露出詭異的笑容，語帶諷刺說：

「席帝人為你們辦的畢業狂歡會，現在正式開始！」

五 小俠

劉峰，提到這麼個普通名字沒人知道，就像古往今來的芸芸眾生，名字來、名字去，不多過一陣風。除非你像張愛微那樣，在成長過程中沒得選擇，在還天真不懂事的年紀就被騙著去認了個不良少年當「乾哥哥」。就算過去在思固窩的時候，你得給它多個字——「劉瘋子」，才能讓人發出恍然大悟的「喔」一聲。

在天龍國，雙字名的榮譽必須通過層層關卡，最後提報席帝城的最高立法組織——市議會，審議通過後，再層層上傳加印，由總統親自頒佈命令公告全國周知。但劉峰的雙字名來源沒那麼複雜，當初他膽敢朝會時當著眾人的面嗆校長說：「反正我注定就是要流放，你還能把我怎麼樣？」劉瘋子的稱號就此不脛而走。

結果大過記到破標，「忠道」成績一學期比一學期更快零分達陣，但通報上去，市教育局只會來函責備你無能。加上零體罰的教育原則，老師的輔導專業除了「扣分」威脅學生卻再沒有其它步數時，還真的沒人拿他有辦法！

所以每次他又搞怪、闖禍，就真的只剩下「等他流放，再看看他怎麼囂張！」的說詞用來稍微平息怒火。似乎忍耐到歡送他去流放的那一天已經成了全校師生的共同期待。

一個擁有為所欲為的自由，卻沒有將來的少年，又有誰來理解？

直到十三歲那一年，他遇見了張學用。

張學用為劉峰玩到厭煩的自由加上挑戰的樂趣，證實了他的天賦異稟。因此他年紀輕輕就有了發明專利——「峰登器」。那是握在手裡拋出，再運用精巧的馬達收線，就能讓人或貨物輕鬆登高的小玩意兒。重視科技的實力超越了階級的認可是天龍國難得的公平，因為作品一旦完成審核登記，特別是那種必須依規定輸入國家檔案庫的技術專利，總統也沒辦法更改——除非是那個擁有比總統更大實權的人物。這種人物倒不是沒有，而是要他出面處理這麼細瑣的事，如果沒有個好理由，你就是拿自己的性命開玩笑。對於天龍國福利完整、衣食無缺的貴族公務員而言，沒有什麼比砸自己的飯碗更笨的，自然是多一事不如少一事，混得過去就好。

但天下無難事，卑鄙的官僚只要用點心，永遠都找得到謀利的漏洞。因此儘管峰登器定了名，然而研發、經銷的權利不知何時都讓渡出去了！想查閱相關的變更內容或對象，都以保障個人隱私權的理由來告訴你：門都沒有！所以這商品市面上有是有，來源有很多混淆視聽的傳說，最惡劣的甚至暗示了張學用從頭到尾就是一個沽名釣譽的傢伙，用來滿足隱伏貴族間的

「血統優越論」信念。坊間充斥的粗製濫造仿冒品，只能用來拉拉東西上下樓，偶爾救救掉到洞裡、井底的倒楣鬼都還得看運氣。

以上這些大人把戲劉峰都不知道、不過問，也沒放在心上。他只在意一件事：超越張學用！而達到目標前只能照著誓言當人家的「龜兒子」，乖乖跑腿、交功課，偶爾還得幫忙照顧一下多出來的「妹妹」。那個小女生因為長得可愛麻煩多，不是有變態的中年警察垂涎，就是一些善妒的女孩子老玩不膩的小心眼鬥爭把戲。

不過好處也不是沒有，他想學什麼就有什麼。張學用高深莫測，雖然一副窮酸像，卻好像沒有什麼他拿不到的東西。他也早知道老師搞了一個小團體，每個成員畢業後都以高分入選為技師，秘密為著某個偉大的志業結盟互助，那在天龍國可是絕對的禁忌！

不過，不關他的事，他獨來獨往，劉峰，不！「我是小俠！」自認為是沒有人抓得住的鬼靈精。因此，當張學用也不想想被貶斥到思固窩養老的那些官派校長、教務長是什麼腳色，奔走遊說什麼「學生更生」方案碰了一鼻子灰；或者沒經過他的同意就幫他申請了早知必然石沉大海的思固窩教職……他都覺得是好管閒事、多此一舉。

直到畢業當天清晨，老師親自送他一雙布鞋，還盯著要他換穿上，那一刻，他才真的第一次感覺害怕。

不是害怕流放，而是害怕寂寞。

怕自己沒有了張學用這個對手會想念他，更怕自己又會無聊到只有想死。

死，不可怕！這世界有太多比死更可怕的東西。

流放的那一週，他的良心也被殘酷解放了！全神貫注的鬥爭、毫無禁忌的生存手段，都讓他過足了挑戰生死一瞬間的癮。直到最後一天的清場，一批批裝備精良的軍隊，搭配暴力冷血的麒麟兵以地毯式搜索確保沒有一條漏網之魚，他才不得不認輸，只是覺得輸給天龍國這頭龐然怪獸，不算太丟臉。

「就算是你也拿它沒輒，不是嗎？老師！」

坐在半山腰的洞穴口，望著遠處忽明忽滅的火光逐漸靠近，他喃喃自語。但是話才一說出口，他就發現自己錯了！

當他隨手搓揉一下快磨破的右腳時，鞋底現出了一個巴掌大的橢圓機器，雖然樣式變異頗大，但他一眼就認出那是一個超薄型的軟式峰登器。實際試用，除了能牢牢套在手掌上，拋起線來比他原來的作品都更靈巧、更容易控制方向。最大的突破還有：新產品以藏銅絲的線成功運用電流操縱前端，克服了以往勾住目標物難以異地收放的缺憾。

這個發現讓他忿忿不平，同時又熱血沸騰了起來。於是他站起身來，面向東方大喊著說：

「臭老頭子，原來你又超越了我，故意送這雙鞋來氣我，對不對？」

接著他拆開另一雙鞋拿出另一個峰登器，試了幾個動作後，果然順利就把自己拋上天空，成了自由穿越樹梢間的飛鼠。

「還沒完呢，張學用，你等著，我一定很快就會再超越你的！」

☆☆☆☆

「席帝人當我是伏瑞司特的怨靈，把莫名其妙消失的人頭全算在我身上。不過在鬼窟大家都叫我小俠，以後你們也都這樣叫我。」小俠出發前，認真地吩咐跟在他後面的六個新人。

自從幾年前他發現了一條聯外通道，在外頭建立了個取名鬼窟的基地，就不必再過著時時得提心吊膽當空中飛人的日子。同時隨著手下的加入，鬼窟稍具規模，聚成了一個勉強餓不死人的世外桃源，讓他有餘力繼續玩他的發明。

小俠一幫人先用懸壁式峰登器將人拉上山頭，然後排成一長列沿著陡峭的山脊走，直走到幾乎感受到眼前的凡思帶電威脅低吼聲才停下腳步。接著，領路人趴在茂密的草叢中摸索，等確認位置就招呼夥伴過來搬開一個石蓋。

石蓋頗重，邵保主動湊過去幫忙。等洞口一出現，幽黑深不見底，說是底下有一條「石膠古路」可以帶他們走出國境。身後剛趕上的胖呆聽到了就問：「境外不是因為輻射汙染，不能住人？」

押隊的小俠這時跟上來了，隨口回答：「他們是這麼說的不錯，凡思外頭到現在的確是連隻老鼠都找不到。不過蟑螂挺多的，我吃了四年都沒事！還有一大堆骷髏頭，附帶不少管用的家當，對我們建立鬼窟幫助不少。想當初它是要把人擋在外面不能得救，這時候好像相反了！呿——」

通道狹窄，一次只能一個人下去。

小俠的手下先有人縋到底下接應，接著他掃視一遍後就指著胖呆決定說：「送你下去的難度最高，所以就你先！只要你成功了，其他人都沒問題。」

可是胖呆一聽卻嚇得魂飛魄散，連連大喊著說：「不，不行！我……我有幽閉恐懼症。啊！誰知道你們是不是真的要救我們？」

「對！對！對！算你聰明，知道我因為你最肥，所以先挑你帶回去烤來吃！你這頭沒路用的笨豬……」

就在小俠鬧脾氣一邊挖苦、一邊用手直敲著胖呆的頭罵他時，不愛說話的小幽這時出聲說：「我去！」

再瞥了一眼臉色蒼白的胖呆，小俠妥協了，嘆口氣說：「沒用的傢伙，連個女生都不如！

「呿——算了，誰先都一樣。」

於是小幽最後一次抬頭接受愛微對她的點頭微笑鼓勵，就讓人縋入了黑洞裡，當時她們都沒有意識到今生將從此無緣再見。

接著，孫惠和何秀也陸續沒入了隧道。

邵保趁著運送空檔問小俠說：「你們每年這時候都會出來救人嗎？」

「不只這時候，更不是為了救人，人救太多是會惹上麻煩的。」

不滿意小俠的回答，邵保追問：「你不覺得自己有責任，多救一個是一個。」

「呿——你不覺得自己很白癡嗎？你們這些人的死活關我什麼事？我愛救不救隨我高興，是誰說我有責任的？」小俠冷冷回答。

「你這個沒良心的傢伙！」

這樣無情的答覆讓邵保氣得雙拳緊握，但小俠沒理會。直等到換邵保準備下去了，他竟賭氣推開幫忙套繩索的助手。

這一幕看得頑皮的小俠樂不可支，非但沒打算勸說，還故意上前捏捏他的臉頰逗弄他，搞到一向溫和的邵保情緒爆發，居然出拳打人。小俠機靈閃開攻擊，還把愛微抓過來當擋箭牌鬧著玩，場面弄得十分尷尬，他卻一點也沒有停止玩這種幼稚遊戲的打算。

愛微甩開小俠的手，卻走上前對邵保吼著說：「夠了！別鬧了！你不去，我先去！」

話鋒一落，她就甩頭不理面紅耳赤的邵保，哼的一聲後逕自走向了入口。這時小俠忽然使勁拍了一下腦袋發出清楚的響聲，走上前伸手攔住愛微問：「妳是張學用的女兒，知道峰登器怎麼玩吧？」

她立刻回說：「有什麼事就直說，不用扯到我爸！」口氣還帶點衝。

「我忽然想到妳們一次來了四個女生，日用品不夠，需要妳才進得了育幼院去偷一些回來。」

育幼院在席帝城裡，闖進去明明是找死，小俠卻說得輕鬆，好像要去的是一趟稀鬆平常的採買工作。而等待回覆的空檔，他還忙著指揮人用布條把胖呆矇住眼睛，然後合力硬塞進洞裡去。結果愛微還沒表示意見，邵保先挺身抗議說：「我們才脫離險境，你怎麼可以又要她回去，而且還是進入席帝城！有沒有搞錯？」

終於送走了胖呆，小俠舒了一口氣，然後轉過身來，兩手一攤說：「只要天龍國存在一天，就沒有所謂的脫離險境這回事！為了救你們我已經浪費了好幾個鐘頭，現在該去辦正事了。過不過得下去是你們自己的事，不敢去就拉倒。」

沒等邵保找到話回嗆，愛微一把推開他，語意堅決說：「我去！」

邵保這時不干示弱，也嚷著要跟去。小俠見狀，咗的一聲發笑，沒多說什麼，轉過身去跟同伴要來兩組手用峰登器，打算先試試這兩個人再說。一向熱愛科技的邵保拿到遞給他的產品把玩了一下，不禁脫口讚嘆說：「哇嗚！沒看過這麼強的峰登器，居然可以隨著手部擺震動作拋投。」

「咗——看不出來你還真識貨。峰登器我十四歲就會做了！你手上拿的那組是第四代，左手撞得有點鬆脫，等一下操作時要小心一點。」

說著，小俠也不計前嫌，興致勃勃給兩個初學者上起課來，介紹起峰登器騰飛山野林間的秘訣。事實上邵保也不是第一次操作，所以沒多久就能應用自如，身體輕巧的愛微還玩出連續擺盪的技巧，看得小俠大樂說：「看不出你們兩個深藏不露，這可真讓我的鬼窟如虎添翼呀！」

就這樣，小俠這次破例三個人出動。接著交辦好剩下的任務，他轉過身從口袋掏出一包白色粉末，要邵保、愛微兩個不必換裝，把臉抹白了跟他離開。邵保這次二話不說，一把就把臉塗得白皙嚇人。但愛微愣住了，猶疑的當下，小俠乾脆抓過她的手直接倒上一把，催促著說：

「別懷疑！我們是鬼耶。」

☆☆☆☆

伏瑞司特前方到處可見燈火閃爍，夜，寂靜得令人頭皮發麻。

小俠、愛微與邵保一行三人趁著月色朦朧飛越林梢，快速朝著城市移動。原本說好了，只要避開燈光就能夠安全抵達目標，但小俠一接近狩獵的現場，就忍不住繞點彎，要找點刺激趣味一下。愛微喊他不及，只好跟了上去。

最近的一盞強力探照燈光已經過了他們中午喝水的地方，幾個裝扮華麗的貴族獵人正在合圍一群學生。一有人中伏獵人們就怪聲吆喝一擁而上，聚上來先爭功搶拍照，接著無視獵物苦苦哀求，你一槍我一刀砍得血肉橫飛。

愛微一看到忍不住發聲尖叫，差一點掉下樹，幸好邵保及時拉住了她。小俠卻一陣長嘯直接盪過去，趁獵人們還沒搞清楚狀況先奪走了探照燈，然後一個迴旋把燈砸在他們跟前，嚇得他們一邊落跑一邊直呼：「有鬼啊！」

「為什麼不乾脆殺了他們？」

邵保咬牙切齒瞪著落荒而逃的狩獵隊背影，對著似乎玩得很愉快的小俠發飆。小俠先是表情古怪地回過頭看看他，接著拍他的肩調侃說：「怎麼啦？這麼一點點的刺激就讓我們的人道主義者也想要殺人了！呿——你還沒見到更變態的呢！」

愛微趴在邵保的肩上喘著氣，還沒從驚嚇中恢復。邵保一臉憤慨，他推開小俠的手，淚水滾滾滑落，激動地說：「難道……難道我們就只能這樣，這樣眼睜睜的看著，任由他們胡作非為？」

「你就是想殺也殺不贏他們。更何況真的讓你在這裡殺了一個什麼不能殺的，搞得他們提前結束遊戲，出動軍隊來清場，那我這一期的買賣就全沒了，你讓我在那個鳥不拉屎的鬼窟怎麼過日子？」小俠悻悻然說道。

「我說得是人命，一條條活生生的人命耶！你居然只關心自己的買賣，還有沒有人性？」

「呿——沒有我的買賣，現在的你們就在下面等著被人獵殺！」

兩人互嗆翻臉，相持不下的靜默片刻，偶爾傳來遠處隱約的哀嚎或狂哮，說明席帝城的夏季狩獵活動已經是現場進行式了！

愛微深呼吸了一口氣，抬起頭用袖子擦去邵保的淚水安撫說：「他說的對，我們救不了這麼多人，先做我們能做的吧！」

這會兒小俠也緩了口氣主動道歉說：「好！好！好！對不起，是我的錯。本來只是想讓你們見識見識……呿——我看還是先辦正事吧。」

邵保扳著臉點了個頭，但不再多說什麼。於是小俠繼續帶路，按照原計畫直飛賊窩隘口而去。

六 城市

夏獵的第一個晚上，所有席帝獵人剛出發，通常不到第二天天亮沒有人回城，正是防守最鬆懈的時候。果不其然等小俠一行人到了大牢，就只見守關的士兵窩在一處喝酒、聚賭，一旁的電視機還放著城裡頭另一個大節目——女僕選拔賽的開幕轉播，讓他們不費吹灰之力就闖了過去。

過關後，小俠帶他們到了一棟廢棄的樓房，洗把臉後躲在隱密的閣樓裡休息。大約過了兩個鐘頭再起身出發，沿著樹林到達席帝城下。當他們站在厚重的三十公尺高外牆底下，天色已經透亮。

一般我們說銅牆鐵壁，那就只是個誇大的形容詞，而席帝城「鋼牆鉛壁」，卻是個實實在在的稱呼。它的牆心是厚實的鉛板，能夠擋得住任何有害的各類射線。外牆則包覆著一層精煉鋼，壁面光滑，難以攀附。加上白天日照灼燙、夜間宵禁通電，四個城門設有關卡，對進出人員盤查嚴密，想要入城可謂難如登天！

早先小俠曾經試過「反獵殺」，然後冒充身分蒙混過關。但風險實在很高，所以後來腦筋轉個彎，把主意動到了地底下。然而席帝城的垃圾不分類，全部丟進原能動力爐焚毀，可以考慮的只剩下排水溝了！

直到去年，終於皇天不負苦心人，找到一個新祕道，補給工作因此比較好做。只不過要走這條祕道就要有向蟑螂前輩學習的精神——有縫就鑽、髒臭噁腐不忌。被要求脫掉衣服藏在石縫裡，從樹林的溪谷踏入一條發散惡臭的排水溝入口，愛微一時真的很難接受，於是小俠直白說：「隨便妳！就看回去的時候，想剩下什麼可以穿回去。」

最後她妥協了，只穿著內衣褲爬進去，但沒多久就在爛泥坑內泡得有穿跟沒穿差不多，搞得她嘟著嘴生悶氣，也害得邵保臉紅得像顆熟透了的番茄，一路上只敢保持個距離走自己的，不好意思正眼看。

「別再抱怨了！現在可是讓妳免費做了一次價值上萬金的全身護膚保養耶！」

小俠耍了個冷笑話，但沒人發笑，愛薇還氣得故意踩得泥漿四濺。自討沒趣，他呿的一聲後就不再理他們，專心領頭找路。

這冷笑話的梗在於城裡頭一件叫做「泥浴」的流行，生活在思固窩封閉環境的學生聽不懂無可厚非。這流行由一個名叫潘芙妮的女僕開始，單單從潘女士的御賜雙字名就可以想像得到這件事引起了多麼大的風潮。

當潘芙妮還是潘福，一個低階貴族家裡打雜的女僕，她運用在物資缺乏的學校裡用烤泥巴治好皮膚病的經驗，大膽在女主人身上做實驗。結果運氣好有了神效，就一傳十、十傳百，從家庭自營到投資開店，不但賺進了無數的資產，更重要的，發揮了人際影響力。自此主人官運亨通自不待說，她自己也搖身一變成了有雙字名得以參與貴族活動的準公民。

然而當這樣的消費蔚為生活時尚，麻煩就來了。早先隨便弄點泥巴不難，到了企業化經營，原物料供不應求就成了維持下去的最大瓶頸。騎虎難下，席帝的女僕膽敢對熱烈前來的貴族們說辦不到，就不管你是有雙字名還是三字名，都是拿自己的性命開玩笑。於是潘芙妮再次展現過人的生存智慧，對外宣稱是獨家精煉秘方，說穿了，就是偷偷請了個可信賴的技師打通了一條秘密通道，把愛微眼前的溝底物撈上去再利用。

溝內濕悶幽黑，小俠拿出事先預備的頭燈戴上，帶頭領路。愛微緊跟在後，而邵保尾隨。大排水溝的盡頭是個半徑三公尺的水閘門，城市廢水則從兩側的排水口轟然流出，喊聲沒辦法傳達，小俠以手指其中一個排水口，就逆流一頭鑽了進去，把兩個同伴留在完全的黑暗中。幸好愛微機靈才沒落下邵保，等確定拉到他的手，兩人一前一後跟上。

小俠的身影在一團白光中持續上升，沒把同伴放在心上。愛微和邵保沒空抱怨，摸索到沿壁裝嵌的鐵環就往上爬。高度超出意料，就在邵保終於鑽出垂直洞口，來到了上一層的水道，沒想到頂上的光再度縮進更上面的洞裡，逼著他們奮力追趕。

一層再一層，到了第四層，當兩人都不禁要開始懷疑起頭上引路光圈的虛實時，晃動的白光忽然消逝，留下泛著自然黃光的方形出口。

爬出不敢想像深度的黝黑洞口，愛微和邵保雖然累壞了，還是感覺鬆了口氣。他們依然身處下水道，但頭頂上的溝蓋等距出現，從縫隙灑落斑駁夏炎，感覺得出正是人聲鼎沸的大白天。愛微他們朝小俠的方向走過去，來到一個排水口，就看見他以峰登器懸吊自己，利用工具解開了覆蓋。

準備執行任務前，小俠先對兩位新手簡要交代說：「上去後，先洗個澡去除味道，然後隨便偷一套衣服穿，穿上了就離開，我們門外見。記得不要太多話，話多是非多，懂嗎？」

邵保臉色鐵青，不等小俠話說完就轉過身嘔吐。愛薇不禁皺眉頭，但小俠笑笑繼續說：「接下來分成兩組行動，愛微待會往左邊直走，經過西門就會看到孤兒院，進去拿到我交代的東西後記得用防水袋裝好再帶過來；邵保和我就往另一邊的技師大街去找些有用的材料，怎麼去怎麼回來，懂了嗎？」

「愛微是第一次進來，她一個人好嗎？」邵保不安地插嘴問道。

「這是席帝，只有王公貴族可以大搖大擺帶著女人在大街上晃當，死老百姓想怎樣？我們是來偷東西的，越低調越好。瞭了嗎？」小俠調侃他說。

交代完畢，小俠就打開覆蓋爬了出去，等確認安全後轉過頭來呼叫同伴跟上。一進去，發現來到一間大廚房，有好幾座大灶正烹煮著泥巴，充斥一股混雜多種味道的濃烈香味。對外的門口上了鎖，小俠先要他們就近一鍋已經熄火的泥巴鍋抓些溫熱的香泥巴塗在身上，然後掏出塞在褲檔裡的拷貝鑰匙開門。

一走出去，來來往往的許多像他們一樣烏漆抹黑的泥人兒令人安心不少。只有經過櫃檯時，年輕的站檯女僕可能聞到他們身上的氣味，皺了皺眉頭，卻不敢多說什麼。但小俠一見對方可愛的表情，玩心又起，居然故意轉過身去抱怨說：「我們要茶樹的味道，妳聞聞看，現在成了什麼，聞起來跟大便沒兩樣，妳們的店還想不想開下去啊？」

「Par……Pardon me.有請貴客告訴我房號，讓我幫您Check看看。」

小女僕大概還是新人，回應很沒自信，手忙腳亂滑點著櫃檯上的電腦查詢。

「還『切』什麼切，我怎麼知道你要切到什麼時候？我小小文化局科員你們懶得理就算了，但這對姊弟可是今天的女僕初審百人團的嘉賓，要是耽誤了選秀行程妳負得了責任嗎？我看還是找你們的店長出來處理吧！」

小俠的虛張聲勢嚇得小女僕全身發抖，不斷的低頭道歉說：「貴客大人，請務必相信我，我很快就好了。千萬不要告發我，Please!」

「只會『屁』有什麼用？馬上再給我兩間房換個味道就對了！」

「Par……Pardon me.我查一下……真的，真的很抱歉，『夏獵』期間需求量大，一房難求，除了……除了王族保留房，暫時都沒有空房了！」

「呿——妳抱歉，我也很抱歉！妳不扣點，就換我要被申誡。妳說怎麼辦？」

就這樣，居然讓他騙到了兩間頭等套房。

☆☆☆

邵保先洗好澡，圍著浴巾走出去，就遇到一對身形正巧與他和愛微相似的中年夫婦走過，於是他冒個險跟了上去。那兩人披著浴袍，在女僕帶領下走進相隔不遠的房間，舒服地躺在木質躺椅先享受全套紓壓按摩，由專人為他們全身塗著厚泥。房門沒鎖上，整套衣服連同鞋襪整齊地疊放在玄關的櫃子上，讓邵保不費吹灰之力得到男女各一套的完整裝扮。至於失職的女僕會有什麼遭遇，就暫時不多想了。

一回去，邵保發現同房的小俠洗好了澡居然把自己「話多是非多」的命令拋諸腦後，跑去鬧那可憐的女僕，一時間還不想回來的樣子。於是他先換上新衣，接著就走到另一間套房要把女服送給愛微。

隨手一推，門沒鎖上就開了。愛微這時隔著簾子哼著小曲以蓮蓬頭洗澡，美好曲線若隱若現。邵保一進門撞見就傻了！

「邵保，是你嗎？」

愛微察覺有人，關了水探問，語調裡透露提防的緊張。

「對……是我。」

他心裡頭小鹿活蹦亂跳，耳鳴厲害的空腦袋急著想找藉口解釋。

她卻舒了口氣，看來沒意識到邵保的心思，就只友善回問：「什麼事？」

他回過神來，暗罵自己一千次不應該，連忙接著說：「給妳送衣服來了！」

「放著就好，等一下我穿好了，就會去找你們。」她說。

他猶豫一下，還是直白說了：「小俠又跑去櫃檯胡鬧！我在門外等，妳穿好衣服我們再一起去找他。」

聽到嗯的一聲答應，邵保走出房間。等兩人門外見面，他看到她穿上貴族華服的俏麗模樣，又一次怦然心動。

「怎麼樣，有問題嗎？」看到邵保盯著她的怪樣子，愛微擔心地詢問。

「沒什麼，很好看！」邵保知道自己又出糗了，搔搔頭不好意思說著。

那個女孩不愛美？何況是心裡認可的人的稱讚，讓愛微心情好極了，幾乎都快忘了他們這一趟來不是度蜜月，而是執行一次危險任務。

「你也不錯喔！」

愛微裂嘴笑開回應，同時眨著一對水汪汪的大眼睛把邵保迷得失魂落魄，什麼都拋諸腦後了。結果是女生稍微冷靜一點，想起了任務，主動牽起男生的手離開。卻因為環境不熟悉，轉了幾圈，沒有遇到小俠，就直接走出了澡堂。

第一次進城，映入眼簾的景象讓兩個人看呆了！

正前方就是距離外牆約二十公尺遠的內牆，牆約高十公尺，壁面上定點裝置著監視器。兩牆之間狹窄雜亂的街道就是恩選入城的平民日常營生的地方，未經申請不得隨意進入內城，若要說這是什麼榮譽，感覺還真是寒酸。

終於等到小俠滿面春風走過來找上他們，愛微狠狠瞪了他一眼，他只聳個肩，沒有一點慚色。本以為耽擱了些時間，事情進行得還算順利，然而小俠一注意這對新人身上穿的衣服，差點沒駭得暈倒。

衣服檔次高也就算了，胸前竟然大剌剌繡著象徵王權的龍紋徽章！在階級規定嚴格的天龍國，那可是四柱中的四柱，只有家長在國內擔任大總統、軍團總司令、市議會議長或是仙特委員會主席等四大首長職務的家族，才准配戴的標誌。

來不及回頭去換，眼前就出現一個紅頭髮、身材高大肥胖的貴冑，以左手撫心的動作深深一鞠躬致敬說：「戶政司司長，朱・桑德拉・古德，參見殿下！」

這下子糗大了！兩個思固窩剛畢業的小娃娃嚇都嚇壞了，如何演得了這場即席舞台劇？額頭貼著假金屬片、身穿技師服的小俠沒輒，還得擔心曝光了反而害人害己，就連忙假裝閃避的平民迅速離去再說。走前，他在兩人身後低聲留了句忠告說：「裝酷就對了！」

於是愛微板起臉不理會對方，拉著邵保就往育幼院方向走。但還沒走兩步遠，前方又走來了一個軍官，後面一組防衛隊跟著。仔細一看！銀短髮、鷹勾鼻，愛微心裡大喊不妙，正是昨天才當面判決他們流放的將軍。

他們倆想當作沒看見，加快腳步躲開，卻聽到整隊的首都防衛隊高聲喊敬禮，將軍擋住去路，同樣以左手撫心的禮儀問候：「防衛二團少將司令官，姜・提摩太・彼得請見，敢問兩位殿下尊諱？」

姜彼得，從姓氏可以知道是個四柱貴族。再從他詭異的笑容來看，應該是認出他們了！因此愛微和邵保嚇得不知所措，只能乾瞪眼。

這時剛才先請見的朱古德走了過來居間說：「將軍，這不是明知故問嗎？能牽著第一美女練‧伊莉莎白‧羅莉公主的手，除了華‧克里斯多夫‧克隆少爺，還能有誰呢？」

「從未聽過兩位殿下會到這種地方來，還是小心為妙。」姜彼得回答。

「凡事都有第一次。冒犯受命為神主政的『國之四柱』可是大罪，就算您身上也流有四柱之血也不能例外，將軍慎思啊！」朱古德嚴肅提醒。

然而姜彼得逼視這兩個假王族，看出他們的惶恐，微笑說道：「為了國家，為了城市安全，我就是雙手親自奉獻上自己的心臟也願意。」

邵保皺起眉頭、握緊拳頭，打算不管三七二十一，豁出去掩護愛微逃走再說。然而周圍的人群卻愈聚愈多，有黑髮的平民、也有染得五顏六色的貴族，原本狹窄的街道擠得水洩不通，看來就算想逃跑也無望。

朱古德這時則朗聲提議說：「少爺息怒！既然這個姜彼得不知好歹，屬下戶政司就在前頭，麻煩移駕做個通關檢查，好讓他死個瞑目。畢竟，血是不會騙人的！」

姜彼得對這樣的提議嗤之以鼻，但群眾紛紛出聲表示贊同。

愛微看著邵保，等他拿主意。邵保認為拖得一時是一時，這時候除了照朱古德的話做，別無他法。於是他盡最大了努力克制恐懼，讓人把他的顫慄當成是憤怒的表現，用一個僵硬的表情點頭答應了請求。

說來奇怪，只是盤查一對手牽手逛街的情侶怎麼會引發這麼多人的關注？而且照說這個華克隆少爺與練羅莉小姐階級這麼高，居然沒有人認得他們，也是怪事。

要了解這個問題，首先得了解天龍國的階級觀念。

照教科書的說法，階級愈高愈應該為慈悲的天龍國神明苦民所苦，謙虛下鄉，照顧廣大的國民，這也是四柱存在的意義。但實際上是階級愈高愈需要保護，因此讓百姓隔得遠遠地膜拜才是王道！

至於貴族女性，雖然法律給了一個與丈夫平起平坐的「佐理」地位，但真正的現實是當男人不要妳插手，妳只是個掛頭銜沒事幹的貴夫人。更慘的是，當連取悅老公、生小孩這碼子事都讓女僕搶了去，她們的價值也就只剩下是「政治聯姻」的籌碼。因此除了好吃好睡、打扮得漂漂亮亮給自己看，偶爾搞個花邊、出點噱頭來吸引一下目光焦點，就是這一群可憐沒人愛的女性最大的娛樂了！

以表演風格而言，練羅莉公主，當今練大總統之女，算得上是超水準演出了！她從不以真面目示人，經過一番渲染，容貌號稱舉世無雙，除了住在仙特的華克隆少爺，沒哪個青年妄想匹配。

身為舉國瞻仰的第一家庭獨生子，華克隆的特立獨行也是通城皆知。從青少年就膽敢無視父親的命令，缺席每一場重大的集會——包括自己的教堂訂婚儀式！搞到最後連他的存在都成了謎團。而如果你夠了解華家斷嗣這件事對整個國家安全的重大威脅的話，包準要流著眼淚慶幸許多謠言都在這一刻破除了。

無怪乎一聽到華克隆與練羅莉現身會引起這麼大的騷動，畢竟這是十年來最大的新聞了！（當然還有賴張學用叛逃的消息仍嚴密封鎖成功。）別說親眼目睹，光是擠在人堆裡與現場有份，就夠讓人興奮不已。

沒天大的事敢打電話找總統、要主席確認自己的孩子有沒有出來鬼混——是活得不耐煩了嗎？不過這姜彼得還真敢，當場叫來身邊的侍衛官送上行動電話。但不知道是湊巧還是人家根本不想理他，對方的管家回說少爺不在，去哪裡不知道。

無可奈何，誰叫他碰上了向來自命清高的頑固份子朱古德。他死豬不怕熱水燙，被鬥被整被關了那麼多次還是學不乖，看來不陪著多走這一趟是不能善罷甘休。更何況謠言傳播的速度比火還快，不妥善處理，怕就要燒到了自己。

「聽說華少爺與練公主現身出來親民了，趕快出來看看。」

「搞神祕搞得這麼久，早知道他們會有這麼一天！還不都是些政治把戲……」

「別亂說話，防衛隊也在。」

「哇嗚！練公主真不愧為全國第一美女，頂著原色髮都那麼漂亮！」

街頭巷尾擠滿了圍觀的群眾，你一言我一語炒熱氣氛，儼然是一場盛會。結果還得有勞惡名昭彰的特務頭子率領他的防衛隊開道，才能順利繼續前進。

「怎麼回事？」

「聽說姜彼得懷疑少爺和公主的身分，要帶他們到城門口檢查。」

「天啊！他是真的不要命了！連『國之四柱』也敢得罪。」

「不稀奇，聽說他連自己的老媽都懷疑，這次就看看他會不會遭報應。」

整個隊伍緩緩朝城門口前進，眾人議論紛紛，小俠藏身搜括的技師大街正好是在必經之路上。

配合學生畢業潮，新人即將進場，政府照例辦理了「優化」，許多平民專業人員遭遇流放。因此多家店舖在一個禮拜後恩選的學生們「原生地」受訓結束進場前，無人看守。

所謂「原生地」指的不是學生的出身，而是他們職業直接相關的地點或活動。像技師就得先上麥拿礦山摸摸原物料，廚師到法摩農場親身了解原產地，而女僕則直接參加席帝城為期一周的選美大賽，順便提供城市一年一度最熱門的娛樂節目。

店鋪放空，大部分貴族男性有他們更期待的精彩活動要參加，給了小俠尋寶的好機會。尤其當下因著第一少爺與第一公主現身街頭，更沒人會來上門來打擾，想來是足以彌補外頭那兩位夥伴的壯烈犧牲，但小俠卻沒好心情。

他愛莫能助，難得發現自己也會感覺沮喪。最後竟然也想要寄望超自然力量，心裡暗自祈求起上天保佑邵保和愛微。

「咳！如果真有一位有良心的老天爺願意管事的話……」

呿的一聲，他搖頭苦笑。

七 叛黨

席帝四個方位各有一對城門，而邵保一行人來到的西城門，上頭刻著一個大大的「WEST」，一出去就是直達伏瑞司特的通道，這時戒備森嚴，獵人進進出出都必須接受武裝警察的盤查清點。一想到門外還在進行的不人道獵殺活動，更讓陷入重重危機的兩個逃犯膽戰心驚。

內城是貴族居住的領域，由厚度達五十公尺的城牆圍繞，門廊形成一條隧道，牆面以黑色花崗岩鋪設，一進去立刻讓人感受到一股厚重的壓力。牆上二十四小時守衛駐點監視，必要時連坦克車都能開得上去。

天龍國的建築法規限建三層樓，城內也不例外，生活空間都往地下發展。地上建物以仙特委員會為中心，北邊有軍團司令部與首都防衛隊的駐紮基地、東邊有市議會與元老宿舍群，南邊是正在辦理選秀大會的人民廣場、西邊則是總統府與政府各級行政單位。一通過城門，邵保與愛微放眼望去，宛如仙境的新世界在他們面前展開。髒亂吵雜的土灰色調不再，取而代之的是百花爭豔、綠樹成蔭的美好景象。大道對面就是建築雄偉的警政署，位於西門內側方正單色的戶政司相對寒酸，但對兩個來自思固窩的土包子來說，已經是超越想像的氣派辦公大樓。

平民不能隨意進入內城，在戶政司另設有一道側門正大排長龍處理申請案件，儘管好奇也沒人敢擅離隊伍。但聞風而來的貴族愈聚愈多，大部分是女性或老人，讓整個大廳五彩繽紛，場面更加喧嘩熱鬧。朱古德一踏進大廳就不意外地發現手下幾十個貴族職員不是打獵去就是要鑑賞美女，全都請假不在，這較勁的當頭讓他在紀律嚴明的首都防衛隊面前不免尷尬。

但是又奈何！目前全市又有幾個部門不是這個樣子？換成別人早就掛牌歇業。所幸的是他已先一步完成了戶政司的電腦化作業，另外還長聘一個精明能幹的技師當助手，應付職員怠職的常態。就這樣，除了得留意別讓年紀算是到頂了的老夥伴給丟進「優化」名單，不管上級要安插或調動哪幾個人事，就都無所謂了！

「沈陽，開工了！搬出『譜系分析儀』，這次要Top Class，最高階級。」

喊聲一落，原本空蕩蕩的辦公區從平民隊伍的角落冒出了一顆黑頭。一個表情精悍、穿著技師服的老人出現。雖然沒應聲，他走到櫃檯熟練地抬出機器並接上管線待命。

一般來說席帝的平民都依規定在額頭上鑲上晶片管理。那張薄薄的金屬片除了是識別証，也是一張累積要命點數的信用卡。一般貴族沒有強制鑲卡，但為了採購、進出方便，也大多會選擇在手臂上安裝。這些人只要通過檢驗機器，什麼身分、戶頭餘額、家族資料、生過什麼病、上過什麼館子……就連勾引別人家女僕上床的和解紀錄，都無所遁形。

然而號稱「國之四柱」的王族在城裡橫行無阻，他們很習慣地把整個天龍國當成私人財產使用，根本不理會什麼卡不卡的。結果，除卻農夫、礦工蓋烙印區隔，全國的成年人不受戶政司電資系統管轄的，就只剩最高的四柱王族與最低微的——流放伏瑞司特的學生。說來諷刺，一個是不屑接受管理，另一個則是不配也不需要接受管理。除此以外，想要驗證四柱王族的身分——要嘛你的地位得比他高，不然就非常需要有甘冒大不諱的勇氣。

朱古德手裡拿著兩張檢驗紙，滿口抱歉冒犯，恭敬請求坐在招待區雕花大椅上的邵保和愛微按捺。他們的手指一接觸紙片，只感覺到連螞蟻爬都稱不上的搔癢，前端的預定集血區就已經染紅了。

然而第一張紙片送進機器，經過一陣子等待電腦運算的悶響，面對群眾的螢幕顯示出：「No Match!」引發一陣譁然。面對這意謂著不具備四柱血統的必然結果，邵保只能嘆口氣，而姜彼得露出得意的邪笑。

但朱古德並不就此了結，很快再把第二張紙片送入。沒想到這次還沒人來得及反應，螢幕立刻出現一個中嵌著「華」字的龍紋王徽，整個大廳則響起合唱國訓的雄偉歌聲。邵保和愛微搞不清楚怎麼一回事，但在場的其他人沒有任何遲疑，就連姜彼得也不例外，全部就地立定，面對著他們兩位做出左手撫心、右手前伸的效忠禮，歌聲結束前不敢放下。

「將軍，沒話可說了吧！現在就得請你到御監聽候傳喚，這還是因為你的身上摻了點四柱的血才有的寬待，要是別人早就直接送排隊去候補伏瑞司特了！」

朱古德話一說完，不等對方回過神來，就示意他身邊的軍官動手。儘管這一隊防衛隊員都是姜彼得的心腹，這時也沒人膽敢在眾目睽睽之下表現出大不逆。於是所有人改聽從上尉隊長指揮，上前拔了將軍肩頭上的星徽，頂多只能省了頓狠打的流程就將他架了出去。

「他們是思固窩逃犯的女兒和學生，我不會認錯的！」部隊離去前姜彼得雖然不敢抗拒逮捕，卻歇斯底里大吼大叫了起來。

「說你的媽媽是外星人我還比較會相信！」

朱古德的回話立刻引發大廳聚集的群眾哄堂大笑，看來這姜彼得就算是在貴族中也沒什麼人緣。

「不相信我，就算是你這頭九命怪豬，也一定會後悔的。」

「血是不會騙人的！」朱古德不禁搖頭苦笑，念起了他的職業信條做為結論，兩人的對空爭論就這樣隨著防衛隊消失門廳外告停。但那名叫沈陽的技師卻在一旁喃喃說道：「這……這怎麼可能？」

朱古德瞄了他一眼，示意他別亂發言。趁回頭收拾器具時，他難得以帶著威脅的語氣，低聲對著沈陽說：「說是你搞錯檢驗順序，比起指控華主席搞上練總統的第一夫人，你覺得那一個合理？至於少爺的身世，如果外頭傳出了什麼動搖民心的風言風語，你就等著流放吧！」

還用說，當然是他們胡搞瞎搞比較合理，甚至連新聞都不算！沈陽如是想。但他這時的表情像是專業受到了侮辱，卻不再多說什麼。

☆☆☆

「以前頭兒們巡訪民情都是找我帶路，真是好久以前了！雖然有這個姜彼得瞎胡鬧，不知殿下還有沒有興致讓屬下帶兩位走走。」

對於朱古德的提議，邵保和愛微剛熬過一次驚險，膽壯多了！交頭換了一下意見就同意了所請。於是朱古德高高興興嚷著給少爺和公主讓路，還善意提醒他們向民眾微笑揮手，主動扮演起政治經紀人的角色。

「能不能不要這麼招搖！」愛微試著提議，雖然是對著邵保說話，朱古德立即回應說沒問題，然後引導他們進貴賓室休息換裝。兩個人好不容易有了可以討論的時間，但當下實在不知道還能怎麼辦，就在門外主人的幾次催促下勉強上陣，決定過一關是一關，屆時再找好機會脫逃就是了。

豔陽高照，朱古德建議直接從「威仙道」入口進入地下城。一路上他可能真把兩個年輕人當成宅在家裡的貴族媽寶，或只是想炫耀自己的見識豐富，反正就不厭其煩從頭介紹起整個席帝城的發展原由。

「席帝的地面做為都市之肺，禁止任何開發。地下四層，每層三地板，都建立在開國之前就奠定的鋼構基礎之上。道路橫縱各一條，直達仙特圓環而分為諾仙、伊仙、紹仙、威仙四大道，並從裡而外有內環、一二三環與外環等聯絡道路，其中只有沿壁的外環開放給平民走。現在你們即將看到的就是最寬敞Base One威仙道，以及它著名的大斜坡入口，開國之前應該是飛行跑道，禁飛令之後飛行器大概不是鏽壞，就是早早被拆解利用去了。」

適應光線變化後，邵保和愛微眼前一遍霓虹閃爍，大道兩邊招牌林立。本來以為是錯覺，走上去才發現人行道居然有自走運輸帶，站著沿線參觀速度剛好。這時一旁的朱古德卻嘆了口氣說：

「自從『上住政策』闖關成功後，Base One的商家與旅館逐年倍增，大家只對休閒活動越來越多反對熱烈，卻對承載指數飆紅越來越無感。要解決Base Four的爭議沒錯，但不能這樣搞，這個政府……唉！殿下明察，我沒有不敬，只是希望國家往好的方向發展才發這些牢騷。」

邵保不知道該怎麼回應恰當，只有擠出笑容並稍加幾句客套稱許。朱古德似乎這樣就滿足了，更加積極也更自在隨意評論，一會兒說某家店女僕做的手工飾物很有特色，一會兒又批評起警察的胡作非為。愛微則不知道是不是假戲真作，一發現新奇的玩意兒就興沖沖拉著邵保湊過去看，當真逛起街來，卻也把凝重的氣氛逐漸化於無形。

後來他們還登上三環陸橋浪漫的天空步道，再走紹威二環路到國貿大樓搭直升降機下到Base Two參觀學校、醫院、加工廠。Base Three的住商混合區因為節慶而顯得冷清多了，然而所有出入口都設有派出所嚴格把關，感覺十分詭異。

有限的時間沒辦法參訪太多地方，時近中午，於是朱古德邀請兩位貴客吃飯。由於指定的那家餐廳位於Base Four，他還必須利用身分跟派出所要求一小隊警察充當保鏢。

結果來到底層，光線昏暗不說，他們經過的好幾區樓房甚至遭遇過嚴重的破壞，令邵保和愛微覺得難以想像，原來席帝城內也不平靜。

「當局態度太強硬，爭議越演越烈，現在官員沒警察陪同沒人敢走下來。然而整個城市的水源都在這底下，進退失據，每年還得耗費大量物力人力來鞏固水源區的正常供應，實在不是辦法。」

這一路上朱古德忿慨發表評議，搞不清楚狀況的另外兩人只能勉強應付諾諾。直到話題轉到午餐，他開始盛讚當家的女廚林鳳的手藝精湛，更連連讚嘆她收容初進席帝的年輕廚師學藝的古道熱腸，邵保擔心再談政治下去就要暴露身分的危機總算解除。

比起先前才見識過的上層豪宅華廈，林鳳的餐館顯得平凡無奇，一整排的三樓鋼架鐵皮建築從右邊數來第四間，門口只掛著一塊「鳳來館」的木頭招牌做區分。朱古德一進門就要求特級廂房、最高檔套餐，還特意選了瓶紅酒帶入席。但兩個年輕人都不喝酒，他只好客套隨便說點人中才俊什麼的，再獨自小酌。

這一套「龍門宴」不是辦合菜，上菜時一人一份，每一項菜餚只有小小一口的份量，還得聽完名稱介紹才開動。儘管讓兩位鄉下土包子吊盡胃口，也因此不至於表現失禮。然而菜色豐盛，什麼「川絲拌燻魚片」、「蟹煲珍菇濃湯」……都是邵保與愛薇做夢都沒夢過的精緻餐點，味道也都無可挑剔的美味。

因此他們對朱古德嘴裡繼續嘮叨著什麼「貴族的墮落」啦、還是什麼「所得分配失衡」的，完全充耳不聞，滿腦筋只有送上來的每一道山珍海味。直到餐後甜點時間，朱古德離席上個廁所。過了好一會兒回來他身邊多帶了兩個人。一個是穿著白色廚師服的中年女子，不用想也猜得到正是他口裡誇讚不絕的名廚林鳳。

另一個就讓人傻眼了！穿著邋遢，一頭斑駁的紫灰色頭髮，還散發一股怪味，但仔細一瞧，骯髒的斗篷上居然也繡了枚龍紋徽章。一經介紹，名叫黎‧信兵衛‧秀次，果然是個四柱王族。

等他們坐定，愛微先禮貌對著主廚誠心稱讚說：「您的東西太好吃了！」

「不敢當！跟您府上真正的名廚相比，還差得很遠。」林鳳謙虛回應。

朱古德酒量不佳，這時有點醉態，竟然就挽起林鳳的手接著說：「才不會！仙特年會我去過，總統府我也吃了好幾次，除了擺盤精彩、顏色好看，味道啊！沒辦法跟妳做的相比。現在連以挑嘴聞名的公主都吃得津津有味，妳還敢說不是？」

冒牌公主對於這樣的傳言無從評論起，只好擠出個微笑以對。

「總統府廚師換得快，做不出什麼好味道。」黎秀次原本就滿身酒氣，一上桌就又滿滿一杯下肚，說話卻是低沉平穩。

「對不起，他喝醉了！」林鳳拉開朱古德的手，尷尬站起身鞠躬道歉。

「胡說，我沒醉！我是太高興了！今天能夠陪著華少爺和練公主，暢談心裡的遠景，得到他們的認同，我看到了希望，為我們的國家感到高興啊！」說著說著，朱古德竟然就痛哭了起來，嘴裡還不斷嚷著太高興了。

邵保一時脫口就問：「像他這樣的人，為什麼要當官？」

他的原意是覺得像朱古德這樣的人不適合在腐敗的官場裡打滾，但黎秀次冷冷回答：「是啊！官場可怕。但是為了活下去也由不得他。他不像咱，有一張免死金牌擋著，想幹就幹，不想幹也沒人管得了。」

邵保和愛薇聽得一頭霧水，林鳳連忙幫著解解說：「朱司長家世好，原本繼承了父親部長的位子。他有理想、有能力，可惜不大會做官，才一路被貶，還坐過御監。但他不向命運屈服，仍然克盡職守。希望華少爺有機會就多多提拔他。」

「戶政的工作很繁雜，全國只有我搞得定，不像黎秀次那個議長，你隨便拿個塑像擺上去也沒差。他們敢栽我贓、降我職，就是不能沒有我，我才不希罕誰提拔！要是華少爺跟現在掌權的那一幫蠢蛋一個樣，我也不屑跟！」

朱古德酒意未消，這一發言就嚇得一旁的林鳳趕緊一手緊緊摀住他的嘴。

冒牌少爺對於這樣的挑釁也不知道怎麼回應才好，一味傻笑。

「有趣！有趣！朱古德說得沒錯，你這個少爺果然有點意思，也許等你接位，咱們國家可以有那麼一點不一樣。」黎秀次語帶玄機評論，順勢又喝了一杯。

兩個剛畢業的學生完全不熟悉城市裡的政治生態，只能對望興嘆。

這時朱古德扳開搗嘴的纖纖玉手，趁著酒膽再說：「不瞞兩位，對於今天的會面我期待已久，就怕錯過這次，以後很難再有機會。」

雖然搞不清楚狀況如何，但愛微覺得不答話不行，就試著敷衍說一句：「有什麼事，你就一次說明白吧！」

朱古德看看黎秀次，黎秀次做了個表示無所謂的冷笑，又喝了一杯。於是他給自己倒酒再咕嚕一口乾杯後，慎重其事說：「我就直說囉！華少爺，您是否還記得有一次在新年會，那時您還很小，大概十二歲吧！那時記者訪問您的願望時，您說希望有一個人人快樂、人人平等的世界，還記得嗎？幾年前跟練戴文合作『聖誕大斷電』，也是表達對現況的不滿吧？」

邵保吞了吞口水，小心翼翼輕搖了一下頭，沒想到黎秀次就大嘆一口氣，一副早知如此的表情。朱古德看起來也有點失望，但他說：「唉！畢竟都過了那麼久了！沒關係，現在我只想問您對自己那時候說過的話有什麼想法？」

「什麼話？」完全不能進入狀況，邵保聽得糊塗，只能不自信地喃喃回答，但黎秀次還是耳尖聽見了，以帶酸的語調大聲嚷著：

「人人快樂、人人平等！」

朱古德瞪了黎秀次一眼，所幸邵保不以為忤，畢竟他從來就不是什麼養尊處優的宮庭少爺，在思固窩強烈競爭的敵意下生存，個性善良的他早學會了對各種冷嘲熱諷淡然處之。因此想了一下，他就語意真誠說：「平等……很好啊！」

這下子換朱古德滿意地直點頭，只差沒再次哭出來。等收斂情緒，他開始認真說：「少爺，要知道，您不是第一個的太子，頂多是活得最久的一個。仙特主席一直很不喜歡您，要不是這些年姜瑞秋生不出別的兒子來，您早就廢了！但最近聽說他開始搞『人工受孕』，好像有了進展。再不想辦法，您就玩完了！不但如此，黎秀次，連你也要當心。一旦他們成功，就意味著你的免死金牌不保了。」

雖然朱古德語重心長關心著「他」的未來，但對於自己能不能熬得過今天就已經很懷疑了，所以邵保還是決定先撐過眼前這一關再說。於是配合著情況聽起來蠻嚴重的感覺，他強作鎮定試著問說：「那……那你有什麼建議？」

「天龍國不在乎死人，搞醫學向來是冷門，現在主持的那幾隻三腳貓沒有什麼好怕的！沒了張學用，搞什麼都沒有用，咱怕啥？」黎秀次淡定回應。

「不過，聽說他們翻出了開國前的『祕藏檔案庫』。」朱古德說。

雖然邵保和愛微都不知道這個「祕藏檔案庫」是什麼，但一看見態度吊兒郎當的黎秀次都臉色一沉不回嘴，悶悶不樂再多灌了兩杯，也知道非同小可。

一陣沉默後，朱古德再次開口對邵保說：「現階段只能先告訴您，『聯政同盟』勢力仍然存在，而且比您想像的強大。姜黎華綀，四柱之血目前獨缺華家，只要您一句話，我們支持您當新主席。那麼打倒獨裁，重建以人人平等為宗旨的聯合會議就指日可待了。」

看著對方迫切期待的眼神，邵保連說考慮看看的勇氣都沒有。搔搔頭，也只能滿懷歉意又提出個傻問題拋回去說：「這個『聯政同盟』是什麼？」

黎秀次哼了一聲說：「老子用卑鄙手段搶了領導權，接班人卻是個政治白癡，這算什麼！你那個和平政爭手段太複雜，罩門一大堆，根本狗屁不通。不如咱直接蠻幹，也學他賭個你死咱活就是了！」

朱古德這會兒也動了氣，大聲駁斥說：「噤聲幾十年了，年輕人怎麼會知道！但國家沒本錢再來次『柱倒』危機。老魔頭陰謀害死老爸，把自己搞得斷子絕孫，就是吃定了仙特不能倒。華少爺沒被當接班人培養，在那種環境長大，你能寄望什麼？還多虧這樣，他沒被洗腦，我們才多了這麼一個希望。」

不顧當事人在場，這兩個酒友爭論起這麼危險的政治話題。林鳳雖然不懂這些爭議，但見到話愈說愈露骨，為免多生事端，就趕緊起身敬酒來中斷他們的爭執，緩頰說：「今天是華少爺大人大量，你們開玩笑要有點分寸。」

「什麼開玩笑，咱豁出性命實話實說也是為他好，是哪裡不對了？最好他不要讓咱失望，不然就拿他第一個來祭旗！」

黎秀次這話差不多是公然宣告背叛了！只不過邵保沒有切身感受，反而讓他真的對自己孤陋寡聞有些歉然。於是他站起身，試著以雍容大度的姿態說：「沒關係！我是真的不懂。不過還年輕，願意學總比不懂裝懂好。」

這樣的話是從恩師張學用那裡借用的，果然聽得黎秀次心裡舒坦，於是他斟滿一杯酒，舉杯就敬邵保說：「說得好！看在你這句話的份上，不管是不是合作，我為剛才的不禮貌道歉。來！先敬你一杯。」

「我不喝酒。」邵保脫口而出。

但情緒高亢的黎秀次遭到拒絕立時惱羞成怒拍桌大喝：「嚇！你是看不起我們，敬酒不吃吃罰酒囉！」

「不！不是那個意思。」

因為不會喝酒，一時不知如何舉措，好不容易緩和的氣氛又鬧僵了。邵保知道自己又表錯意了連忙想澄清，卻渾然不知從何說起。幸好愛薇機靈，趕緊接過話說：「黎先生先別生氣，不是你想的那樣！邵……嗯，少爺從不喝酒。但他一向對黎先生讚譽有加，能認識您是他的榮幸。」

差點說漏了身分，她還心虛臉紅扯了個大謊。幸好在邵保識趣地連連點頭稱是之後，對方沒繼續追問這個少爺是怎麼對黎大流浪漢讚譽有加，謊言沒被戳破，也算是混了過去。

「不喝酒？新青年！好，也行，你們以茶代酒。」黎秀次豪爽，接受說詞，就把誤會釋懷。加上朱古德已經趴在桌上不省人事，也就沒人再繼續提那個令人頭疼的結盟話題了。

餐宴接近尾聲，場面開始靜得尷尬，於是愛微主動找話題跟林鳳聊。她想到了進餐廳前朱古德提過的話題，就趁機問：「朱司長說妳的餐廳專門用來收容新進的學生，這是怎麼一回事？」

雖然聽起來只是個友善的關心，可是林鳳望著兩位貴賓焦慮地琢磨該如何答話是好。要知道天龍國不是個主張合作美德的地方，對於平民的互動交流更加敏感。加上剛才談論同盟的事似乎是不了了之，因此一向謹慎的她不知對方的意向為何，就更遲疑了。

實情是，她因著自己差點也熬不下去的經歷，同情年輕人在這裡的殺戮戰場所面對的不公平待遇，私下做了這麼個創舉——招募廚房助手。這樣的行動巧遇一個欣賞她的朱部長鼎力相助，在做出了口碑與保持低調的原則下支持到了今天。可是今天以後呢？

不答話不行，但身邊的朱古德醉酒不可靠了，只好一咬牙決定誠實以對，只求無虧於良心就好。於是她露出一個乞求寬容的表情試著解釋說：

「因為學生們剛到職場都很陌生，我只是希望提供地方給他們熟悉一下環境，希望這樣做對他們、對席帝都有幫助。」

「你無法想像之前廚師在席帝的淘汰率有多高啊！真不知道他們在思固窩都學了些什麼？」

朱古德醉死就罷了，這時回過神來，卻一開口接話就毫無忌諱，嚇得林鳳抖著聲音連忙辯解說：「我們只是很單純的想法，絕對絕對沒有懷疑政府的意思。」

「早該廢了！那個思固窩，哪裡是個學校？根本就只是個奴隸窩！」

黎秀次本來個性就帶衝，這時火上加油，說得更難聽，搞得林鳳快哭出來了！畢竟這裡是她的地方，儘管包廂有隔音，這些反動的言論只要傳那麼一句出去，那她所有努力的一切，連同她的性命，都將付之一炬。而坐在她面前的正是能夠執行這種行動的人，儘管她直覺上認為對方是好人，但畢竟才認識不到一個鐘頭……

「沒事！沒事！我覺得妳做的事很有價值。」愛薇趕緊出聲說話圓場。

邵保則笑著猛點頭，他覺得今天受夠了，決定搞不懂的事就不要再多嘴。

林鳳得到來自他們兩個人的真誠相挺鬆了一口氣，同時眼淚滾落了臉頰，終於笑開來了。

接著她雙手撫著胸口，滿懷感激地說：

「朱古德經常說錯話，但他這次說得沒錯。兩位，兩位真的是我們國家未來的希望。」

八 少爺

那一年，華克隆六歲，身為華家唯一的男嗣，身在掌握實權的第一家庭，他不知道自己為什麼重要，只覺得活得像家裡那一隻掛在窗邊的珍貴鸚鵡，受到重重的呵護，同時也受到嚴密的監控。

所謂童年的無憂無慮，他從來沒有機會體會那是什麼滋味。

那一個從他四歲開始就年年舉行的抽血封存儀式，更是他最大的恐懼——圍著一圈嚴肅的醫生、扎針進入細弱的手臂……第一次抽血他還暈死了過去，第二次抵死不從則害自己再多挨了好幾針。

這一次，他覺得自己應該懂事多了，也不想再聽到那個尊稱為「父親」的人又用輕蔑的語氣罵他是個沒用的傢伙，所以他必須勇敢。但勇敢並不容易，長得瘦小的華克隆緊握那牽著他到現場的女僕的手，止不住顫抖。想哭，但不准哭。

等候的空檔，偌大的接待室空蕩蕩，感覺更無助。結果那個女僕彎下腰，看著他，好心鼓勵說：「不要怕！忍耐一下下就好了。」

「我才不怕！」小華克隆噙著淚，卻倔強地反駁。

女僕不揭穿，給他一個溫暖的微笑說：「少爺真勇敢。我啊，最怕打針了！」

女僕的名字叫簡愛，剛選入仙特。因為是新人，所以護送難纏小鬼的任務推給了她，只是她並不覺得委屈，反倒因著某種熟悉的情愫，有股難以言喻的興奮。

大人都還沒來，簡愛趁著等候的空檔，接著剛才的話題說：「我害怕的時候就會想一個故事，然後想著想著就忘記害怕了。」

「什麼故事？」雖然慢半拍，但華克隆還是回應了她。

於是她閉上眼睛，用清脆夢幻的嗓音說著：「有時候哇，我會想像自己變成了一隻鳥。飛啊飛，飛啊飛，飛出了圍牆，飛出了凡思，看到了天龍國外面的世界。」

「真蠢！老師說天龍國以外什麼都沒有，只有有毒的荒地。別人都死光光了，都要感謝我們的祖先，大家才有天龍國可以住。」

小少爺回答老成，不好騙。但難不倒簡愛，她處理過更棘手的。於是她眨了眨明亮的大眼裝無辜，煞有其事，哇的輕呼一聲後說：「少爺好聰明喔！但是，你想不想知道，我看到了什麼呢？」

「不想！」華克隆心情不好，回答急躁。

「那我可不可以告訴你？」她耐心再問一次，語氣故作卑微。

「隨便。」這冷冷的答案算是沒有拒絕，於是她逕自開始講起了故事。

「我啊！我看到了一座美麗的花園，裡面有會噴水的池子，不會咬人的老鼠，每一隻顏色都不同喔！還有會飛的小人忙來忙去，在葉子上蓋了很多很多可愛的小房子。但因為房子太多了，葉子承受不住，就掉了下去。結果小人們回來了，找不到房子，以為有人惡作劇偷走了，就開始吵架。吵到累斃了還是沒有結果，只好再找一片葉子，又重新蓋起新的房子。」

故事有點無厘頭，但是簡愛的聲音好聽又說得認真，贏得了華克隆回應說：

「好笨的小人。」

她則是笑著說：「我倒是很羨慕他們，可以常常換不同的地方住，感覺很有趣。你呢？如果你是小鳥，你會看到什麼？」

轉移了小少爺的注意，他果然不再發抖了，居然也認真想了好一會兒。等忽然領悟到自己上了當，就裝酷生氣說：「我才不是鳥，我也不會想離開天龍國！老師說天龍國的凡思很厲害，鳥飛不過去，老鼠也鑽不過去。」

簡愛沒有反駁，只笑得更燦爛。這樣的舉動讓華克隆覺得她真是一個沒有常識的笨女生，卻沒辦法真正生起氣來。這時，大門被推開了！醫療團隊與充作見證人的市議會成員陸續走了進來。而在主人駕臨之前，簡愛把握最後的機會在華克隆耳邊說：「我真的真的很想知道少爺會看到什麼喔！」

這事以後，愛姊姊成了唯一能夠罩得住華家小魔頭的重要人物，也間接減少了不少仙特女僕改派充軍當軍妓的悲慘命運。

☆☆☆☆

話說在林鳳的餐廳，邵保與愛微很快喜歡上了朱古德等一票朋友。他們雖然也是席帝人，但是拒絕腐敗風氣的同化，對人生仍保有崇高的理想，因此這一餐賓主盡歡，對從未真正吃過烹調食物的思固窩學生，更是極致享受。

後來兩個年輕人禁不起鼓吹，試喝了點酒，愛微嗆得涕淚橫流，狠狠砸了全國第一美女的招牌，鬧得大夥兒樂不可支，連個性陰森的黎秀次都給逗笑了。卻萬萬沒想到那朱古德一副醉樣，居然還細心地抽空連絡上少爺府的管家，要人派專車來接送。來不及阻止，要命的威脅重新籠罩心頭，剛才的佳餚美酒瞬間成了行刑前的斷頭飯，邵保與愛微無言對望。

然而神奇的是，取代兩個人預計會出現的防衛隊，一台只有王族才獲准使用的高檔「學用車」真的就來了！這車正如其名所意指，那是一輛當年張學用在席帝城研發生產，率先使用微型核動能的多功能客運車。

結果兩人仍是脫身無望，彷彿命運女神也在嘲笑著他們。面對未知的人物、未知的前途，儘管不樂觀，如今也只能繼續這樣賭命下去！

等著他們的，是正版的華少爺。

地下城市魚鱗般排列的住宅隔間一戶接一戶，從行駛中的學用車看出去，令人目不暇給。但駛進仙特區的內環後，螺旋向上爬升，直到天空再次開闊，處處可見精心設計的植物造景，有如走進一座充滿大自然趣味的藝廊。

少爺府位於仙特區綠圓丘邊上，優雅的風帆線條，乍看之下像是一艘正要準備啟航的豪華遊艇。府內寬闊的庭園遍植花木，模特兒般窈窕美貌的女僕們穿梭其中勞動。

等到邵保與愛微被護送進了有如博物館般的大廳，迎接他們的竟只是一個裝扮樸實的女僕，與廳外那些女工相比，除了胸脯豐滿，僅僅只能用嬌小可愛來諂媚。她一見面就先深深一鞠躬，微笑對他們說：「歡迎！我們家少爺正在等你們。」

「妳知道，我不是故意要假冒充華少爺的。」邵保不安地試探提問。

「別擔心，少爺人很好，他只是有事想找你們談談。」

見到這麼平易近人的女僕，又有了少爺是好人的保證，愛微稍微放寬心，於是她主動想找話題聊，希望能多獲得一些情報，就故作輕鬆說：「您好，我叫愛微！請問您怎麼稱呼？」

「哎呀！兩位貴賓，對我講話不要那麼客氣，我承受不起。我叫聶倩，兩位請直接叫我的名字就好。」

這女僕聶倩說著說著，臉真的紅了！而走到少爺房間的路上，除了噓寒問暖，為了安撫兩位來賓的疑慮，她還不避諱地述說起自己蒙少爺搭救的事蹟。

原來當年她曾遭轉賣到美樂特銳當軍妓，過著永無止盡的黑暗日子，身體與心靈飽受殘暴蹂躪。有一次她趁著陪軍官進城參加派對的機會脫逃，但發現自己走投無路，正想一死了之的時候，遇到喬裝外出的華少爺阻止，還以他的特權身分庇護，將她藏匿到現在。

由於她一再以仰慕的口吻說著少爺是個如何如何的大好人，加上故事聽來真實感人，因此愛微放下戒心，甚至不禁期待起要面見這樣一位仗義勇為、有情有義的俊俏青年。邵保雖不多說話，原本緊蹙的眉頭也鬆開了！

但實際一見到華克隆，幻想立即被那冷峻的表情冰凍。

他一頭剪裁俐落的金髮，穿著簡潔的休閒套裝坐在起居室，等他們一進門，連抬個頭看一下都沒有，一開口就直接問：「你們不怕死吧？」

怎麼看都不覺得友善，嚇得愛微、邵保一時間都愣住了，希望火花瞬間散滅，兩人都不知如何回答是好。於是聶倩幫忙說：「少爺，他們並不是故意要冒充您的，一切都只是誤會。」

但華克隆對女僕的解釋置若罔聞，繼續以加重口氣審問說：「從來沒有人能騙過譜系分析儀，你們是怎麼辦到的？」

命繫人手，不得不回應，於是邵保往前踏出一步，擋在發抖的愛薇前面，試著先說：「我們也搞不清楚是怎麼一回事。」

見對方沒反應，於是他略過小俠與湯屋，還是簡單敘述了當時的事發經過，最後結論說：「大概是儀器故障吧？」

聽完了解釋，華克隆輕蔑發出叱聲，就起身走進裡面的房間。再出現時手裡拿著一台掌上型分析儀，分別抓了兩人的手按捺儀器測試，驗證了愛微是仙特委員會主席——華・亞當斯・克里斯多夫的女兒無誤。

對這樣的結果華克隆不發一語，獨自坐回沙發閉上眼睛，雙拳緊握，不自主地發抖。聶倩禮貌性做了個請示，不等回應就逕自接手招呼兩位客人在另一頭的吧檯坐下，熱心奉上茶點招待。

這都因為他又想起了那個該死的晚上，以及那個稱為他的父親的野獸行徑。

☆☆☆☆

聖誕節，傳說是天神曾經化作人形前來地上教化世人的節慶，也是祂將天龍國交付四柱的聖約日。

十二歲了！母親的禮物永遠是一套他只穿一次，而且穿起來麻煩透頂的禮服。父親送的，前年是一把獵槍，去年則是一本名為「真實解剖」的醫學書，他只翻了幾頁就把它擱在書架最顯眼的地方，卻再也沒敢碰過。

唯一值得期待的，還是愛姐姐的禮物包。

去年是一本手工製作的圖畫冊，圖樣、字跡超可愛，還留下空間等他填上。更更重要的，包裝在一起，來自他唯一打從心底承認的老師，也是愛姊姊情有獨鍾的弟弟——張學用送他的創意科技玩具。

一般貴族孩子多半會選擇一所城裡的私立學校就讀。但他不同，除了女僕打開螢幕陪著上的數位化教學，只有少數經過篩選的家教能夠上門來授課。但不論是那一種，對他而言都是一場枯燥難耐的折磨，直到父親慕名招來張學用擔任技術顧問兼任少爺家教，這恐怕是他所做過唯一值得感謝的事情。

剛開始父親還興致勃勃陪著上了幾堂課，後來就只留下他獨自跟老師在偌大的接待室裡學習。雖然全程有攝錄機監控，必須留意發言以免被叫去訓話，但上課內容有趣，儘管他只是個十來歲的小孩還是覺得意猶未盡。

他發現張老師對愛姊姊有感覺，是一次小小的意外。愛姊姊送茶進來時那不尋常的嚴肅，張老師更不尋常的語無倫次，讓他揭開了一段只屬於他們的秘密。從此他不斷找藉口、試探底限，甚至甘冒再次被傳喚去接受訓示的風險，也要找到更多機會讓他們相處。

記得那次該死的聖誕節即將到來，上課終了，愛姊姊照例收拾著實驗後的殘局，他自作聰明地再次提那個問題說：「如果你變成了一隻鳥，你會看到什麼？」

老師愣了一下，但很快就反應過來。他雖然搞科學，卻沒有不識趣地提什麼人不會變成鳥或從空中看地球的理論，反而是若有深意地說：

「我看到了一艘船，航行在一望無際的大海之上，正在探索、正在尋找，尋找人類最後的希望。」

「那你呢？愛姊姊，這次不可以再說是花園喔！」華克隆精明地提醒。

「我看到了隱密森林裡有一間木造小屋，蓋在沒有人找得到的地方，裡面一個爸爸、一個媽媽，還有一個淘氣的小孩……」說著，她哽咽了！但很快就以不明顯的動作拭去眼淚，更使勁用抹布想擦掉地上那個已經不存在的污漬。

片刻的沉默後，他終於揭露底牌，朗聲宣告說：「我啊，看到了一座新的城堡，城堡裡人人快樂、人人平等。我是堡主，我要命令我的女僕和我的老師在這個世界上最好的城堡裡，辦一場全世界最豪華的婚禮。」

簡愛伏在地上的軀體不自主地顫抖，張學用則是給了華克隆一個感激——同時充滿哀傷——的微笑。

華克隆得意洋洋，那時，他還不知道自己犯了一個多大的錯誤！

☆☆☆☆

那個聖誕節的凌晨，原本華克隆還為了急著想知道愛姊姊準備好的禮物而興奮到睡不著。然而正當他終於有了睡意，房間的門被人粗魯地踢開，是父親醉醺醺闖進來，把他從溫暖的被窩和甜夢中拉到冷颼颼的現實。

幾個貼身侍衛站到兩側，其中一個把愛姊姊從有監管設備的女僕專用臥房帶了過來，當著眾人的面撕開她身上的衣服，赤裸裸推倒在床上。

「求求您，不要！至少不要在孩子面前。」簡愛蜷曲著身子，大聲哀求著。

「你不是要當堡主嗎？小鬼，今年聖誕節我要送你一個大禮，教你怎樣管管你的女僕，讓她們都屈服在你的腳下，才不會搞那種女孩子玩家家酒的笑話！」

華克里斯多夫不理哀告，訓示過華克隆，就要侍衛把女僕抓好。接著不顧他的反抗就抓著他的頭抵到女僕的私處磨蹭，讓他感到既羞恥又噁心。但這還不夠，那醉鬼竟然扯下他的褲子，伸手來抓他敏感的部位，終於引爆了他的憤怒。

華克隆膽敢以手肘撞得仙特主席一聲叫痛，然後轉身雙手抓住對方的頭髮一陣胡亂頭擊踢咬，要不是侍衛及時抓住他的頭架開他，只怕他就要學吸血鬼的樣子，把自己父親脖子上的動脈咬破來洩憤。

華克里斯多夫脫身後就一巴掌把華克隆打攤在地上，然後指使人架著他。劇烈的頭疼，昏昏沉沉中，他只聽到咒罵著「娘娘腔」、「沒用的傢伙」等字眼。接著，他們扳住他的頭，強迫他看一個糟老頭糟蹋妙齡女郎的噁心畫面，然後侍衛們受命輪番上陣，而女僕的尖叫聲不斷。

一頭頭的野獸正殘忍地撕咬、蹂躪他最親愛的人，他只能咬著唇無力地旁觀，這場折磨像是一場醒不過來的夢靨，如影隨形，直到現在仍迴盪著。

☆☆☆☆

愛微、邵保瞄著華克隆陰沉的表情，心裡頭忐忑不安。雖然在聶倩殷切催促下為了禮貌喝了口茶，但點心說什麼也不敢碰，兩人一有機會就交頭接耳，低語交換著沒有結論的對策。

終於等到華克隆出聲，這次他先一陣冷笑，然後沒頭沒尾的對著兩人說：「通常華家的女僕懷了孩子只有死路一條，但那老頭百密一疏，留下了妳這個孽種！看來是天助我也。現在給你們一個機會活命，要不要？」

愛微和邵保四眼相對，雖然搞不懂他在說什麼，但都心照不宣。

「還能有其他選擇嗎？」

這時忽然一通電話進來，空中響起了一個沉穩的中年男子聲音接聽。

「這裡是少爺府，請問有什麼事找？」

「我是他媽，叫他接電話，Right now!」一個聲音高亢的暴躁女人喊著。

「接過來。」華克隆慢條斯理對著空氣說話。

「是的，少爺。」男聲恭敬回應。

嗶一聲後，華克隆以冷淡的聲音說：「什麼事？」

姜瑞秋，華克隆名義上的母親，一接話就咄咄逼人罵著：「這次你又玩得是什麼把戲！你是不鬧得雞飛狗跳活活氣死你父親不肯罷休，Are you?」

「他有那麼容易死就好了！」他不帶一絲感情地回答。

「Watch your mouth! 別說我沒給你機會，我問過練羅莉了，她說她根本沒跟你出去。說！你身旁帶的女人到底是誰？」

「不關妳的事。」

「不說沒關係！雖然媒體不敢公開照片，但我有我的管道，You can't escape. 這一次我一定要好好給你一個教訓，到時候就算是你父親也護不了你。」

一說完姜瑞秋就把電話給掛了，留下規律惱人的嘟嘟聲，華克隆只有冷笑一聲當作回應。然後他站起身，命令愛微和邵保說：「跟我來！」

說完，不等回答，華克隆就往裡面走去。聶倩連忙以眼神示意他們聽命跟上，邵保嘆了口氣，牽起愛微的手，認命地跟著走進另一個房間。

那是間至少一百坪的小型工廠，或說是大型實驗室，工作櫃裡道具琳瑯滿目，四周散放著各式各樣的機械成品或半成品。如果邵保曾經有過夢想，或許擁有這樣的一個地方就是了！但華克隆沒帶他們參觀，直接走到了一張工作桌前，擺在桌面的是好幾台巴掌大的圓盤型機械。沒交代任何話，他又逕自走到另一個角落翻找一些器材、零件。

邵保是個機械迷，雖然沒得到許可，但還是忍不住拿起面前的新玩意兒來看，試了幾個鈕，難得地露出個微笑。等華克隆回來，把手上的置物籃連同剛找的東西倒到桌面上，對邵保的擅自行動視而不見。於是邵保乾脆開門見山問：「這些攝錄機偽裝得不錯，要我們看是什麼意思？」

「攝錄機？看起來明明就是警報器。」愛薇聽了也很驚訝。

「不用管那麼多！我說什麼，你們就做什麼，知道了嗎？」華克隆回答的口氣很差，但態度似乎有了點變化，至少不再只有輕蔑。

而當他開始要求他們學著安裝、啟動桌上的機器時，表情更加複雜。一方面是對這兩人展現的機械才能覺得超乎想像，另一方面則是對溝通時的用語、模式有種似曾相識的感覺，喚起他心靈深處某段珍貴的記憶。

好一會兒，只剩沉默工作與呼吸聲，他才隨口問：「是誰教你們的？」

「思固窩的張學用老師。」邵保老實回答。瞬間，他覺得自己終於看見華克隆閃過一點類似驚訝的人性表情，就主動追問：「你認識我們老師？」

這時聶倩送了點心、飲料進來，聽見他們的對話就替主人回答說：「張技師曾經擔任過少爺的家教多年，所以我們家少爺從小就是個『學用迷』，不管是自走錶、噴射滑輪板……還是電能車，只要能收集到的都收集。尤其是遙控裝置！為了研究一台自飛直升機，他曾經三天不吃不睡呢！東西就在那兒。」

看看聶倩所指的展示櫃上頭最顯眼的地方，果然有架造型新潮的直升機模型。華克隆臉色不悅，要她閉嘴，但她吐了個舌頭頑皮表示歉意就笑著離去。

邵保豁出去了，放膽對華克隆聲明說：「這樣吧！既然我們都是張老師的學生，那麼有個很基本的規則大家都應該知道，那就是如果你想要團隊完成什麼事，就請開誠布公來討論，三個臭皮匠勝過一個諸葛亮，免得白費力氣。」

然而華克隆又沒回應了，悶著頭繼續做自己的，實驗室再次陷入沉默。邵保討了個沒趣，但和愛薇閒在一旁又不自在，觀察沒多久掌握了安裝技巧，就在華克隆不阻止的情況下也幫上了忙。

於是十二台機器在午夜前全部完成。

九 仙特

三個人都累了，或躺或坐在實驗室一角的沙發上休息，喝了點聶倩貼心換過的熱可可，這時華克隆才肯再次開口說話，但也只是夢囈般喃喃叨唸著：

「我的處境不比你們好到哪裡！」

「我們隨時都會丟掉一條小命耶！連你都可以隨時叫我們去死。」

邵保知道了對方也是張學用的學生之後，對眼前這位陰陽怪氣的少爺不再心懷畏懼，因此膽敢表達不以為然。愛微想起先前在餐廳的對話，試著問說：「有人說你的父親不喜歡你，想把你換掉！難道是真的？」

語畢，只見華克隆站起身來用力踢飛了腳前的凳子撞倒置物櫃發出砰然巨響，算是默認了。接著愛薇耐下性子繼續詢問，大半是聶倩不時地補充說明，才勉強在腦子裡拚湊出一段聽起來駭人聽聞的貴族權力鬥爭實錄。原來傳說並非空穴來風，現任仙特主席把自己的兒子當成了權位的最大威脅！

一切的關鍵都在於仙特！

在天龍國的政治結構中，仙特能源科技公司雖然名義上是一家私人機構，但是生活在席帝的人都心知肚明，坐在這家公司主席那個位置上的才是這個國家真正的大當家。因為一旦仙特停擺，天龍國就玩完了，存活的最後希望也就灰飛煙散。

只是想要掌握仙特必須先掌握血緣，因為所有控制仙特的關鍵鑰匙全部都搭配了一種稱為「血液辨識」的機制，譜系分析儀就是它的延伸產品。這個機制原來的設定是只辨認一組完整無誤的遺傳基因，也就是說，除了正主之外，沒人可以啟動仙特。但天有不測風雲，人有旦夕禍福，用屁股想都知道把全人類的希望放在一個人身上是多冒險的事啊！

因此，以防萬一，系統又增設了「半血辨識能力」，也就是多個上下各一代直系血親的備用機制，用來分擔風險。像這樣把所有人的命運交在一個家庭手中的餿主意究竟是怎麼回事，目前無法考證。但想改變，除了技術問題，還有權力鬥爭——必須擺平發執照給仙特的市議會。既然「人多更難辦事」是民意機關的最大的毛病，「有錢好辦事」成了仙特介入決策的不二法門。

國家所要面臨的現實是：當仙特必須正式交班時，首先要得到原任主席的認可，讓他乖乖用自己的血更改原始設定。如果一不小心還沒交接就讓他給掛了，那就只好求天神保佑，找得到他的爸爸、媽媽或親生子女來。

而即使是這樣簡單的需求，在性關係混亂的天龍國也愈來愈不可靠了！照道理說，對這樣一位把巨幅畫像掛在國家議事廳正中位置的大人物，理當人人衷心清香祈禱他長命百歲、多子多孫，輪到了華・亞當斯・克里斯多夫，自己的血脈竟成了最大的威脅！

除此之外，國訓神話還有另一個秘密：一個代號「利阿爾克」的極機密行動。據說這個機密號稱關係到最後存亡，必須姜黎華練四家的血脈同時存在才能開啟，詳情是絕對禁止討論的禁忌，所以實際內容也沒幾個人能知道。

然而四柱血脈早已是天龍國人根深蒂固的信仰！

因此，多年前華克里斯多夫鬥垮立場傾向恢復「聯政同盟」的黎家，成功奪取仙特。卻為了差點讓四柱少一柱，引發了造成國內恐慌的「柱倒」事件，氣氛宛如末世將臨。

「『聯政同盟』到底是什麼？」邵保不甘心被罵過白癡，想把這個問題搞清楚。卻只得到華克隆沒啥耐心的回答說：「一人獨裁與四個家族分贓，有甚麼差別？」

這樣沒頭沒尾的評論聽得邵保更是一頭霧水，還是聶倩出面解釋說：「我也不是很知道啦，好像是天龍國剛創立時有一個四個家族聯合管理國家的辦法，後來說是很沒有效率，常常吵架，就改成輪流來擔任這個仙特主席。」

也就是個分贓不均，最後你爭我奪的醜陋政治鬥爭罷了！

所幸神佑天龍國！找到了一個男孩證實是黎家直系子孫無誤，暫時解除危機。也因此留下了號稱不能死的男人，就是昨天陪邵保和愛微喝酒聊天的黎・信兵衛・秀次。他為了保命，不結婚、不碰女人，整日藉酒裝傻混日子。

然而政治重新洗牌確定後，華家內鬥才正式上演。華克里斯多夫沒有了父母，唯一的危險來自後代。因此凡是他親近過的女人，除了為了結盟而迎娶的現任軍團總司令孫女姜瑞秋，都只有死路一條。

至於兒子，在市議會的強烈堅持下，至少得保留一個就近監視，還得每年定期抽血驗證封存以策安全。而當這個兒子明顯不聽話，就必須再培養另一個，才能把先前的換掉，不然就要鬧革命了！

華克隆沒見過親生母親，從小不得父親的喜歡，兩人關係形同水火，只是年過六十的華克里斯多夫似乎失去生殖的活力，為了保存一線命脈，他才被留了下來。這樣的運氣，讓他可以拿性命要脅無人膽敢違逆的獨裁者，依自己的心意搬出位於公司上頭的豪宅而住進現在所擁有的少爺府，也能保得住自己想要的女僕。
直到最近聽說姜瑞秋懷孕了，華克隆自認朝不保夕卻苦無良策。碰巧遇上邵保和愛微的事件傳來，雖然不想理會那個和母親沆瀣一氣的姜彼得，但朱古德打電話來求證時他將計就計，想借用他們的力量來扭轉劣勢。
聽了這樣黑暗的故事，邵保一時間不知道該從何說起，反倒是愛微忿忿不平先開口說：
「連最親近的血緣關係都信不過，你們家還真是可悲啊！」
「妳是真的蠢，還是故意裝傻？我的父親就是妳的父親。」華克隆冷淡說著，似乎沒把多個妹妹當回事。
愛微忽然覺得一陣昏眩，多了個新爸爸和新哥哥，而爸爸不喜歡哥哥，哥哥想要宰了老爸，實在令人難以接受。何況即使張學用不是她的親生父親，她也無法原諒他，因為他背離的就算不是血親，也是信任，是一個女兒全心的交託。
「哥哥？」愛微喃喃唸著。盯著華克隆，正視兩個人有血緣的事實，在她心裡漾著一股微妙的變化。從畏懼到迷惘——竟然還有其他親人！這倒是幫她汰掉了對眼前這個人的偏激看法，覺得自己稍微能理解聶倩，不再只當她是個戀愛激素分泌太多的笑話。
「別以為攀親帶故就會有好處？」華克隆仍一貫冷漠的回應。這一次愛微卻和聶倩同時會意一笑，都想著：「他就是嘴硬。」於是愛微轉而問聶倩說：「妳怎麼有辦法跟這種人相處的？」

「我們都活得很辛苦，但不怕死，就能愛。」

愛微聽了感動，忍不住主動去握住她的手表達友誼。華克隆仍是一臉陰沉，對剛出爐的新鮮妹妹和自己的女僕交朋友只發出嗤的一聲作結，不多理會。

邵保這個局外人趕緊導回正題說：「反正不管怎麼樣，總歸就是說，如果我們想要活下去，最大的機會就是要齊力合作，對不？」

這個結論立刻成為在場四人無法再辯駁的共識。

於是大家轉向華克隆，等著聽他到底是有什麼計畫，膽敢藏匿逃犯。然後只見他站起身來打開嵌在牆壁上的大螢幕，用電腦拉出了一幅少爺府的平面圖，就開始一邊解說流程，一邊交代工作任務。

計畫第一步是：先找來未婚妻練羅莉。控制她的行動後，以宣布婚約日期的理由開辦宴會，邀請城內權貴前來少爺府，引出華克里斯多夫。第二步：愛微與邵保潛入仙特基地，將偽裝成消防警報器的攝錄機裝設在指定的地點，收集華主席濫權危害市民權益的證據。

天龍國雖然維持五院十二部會的組職架構，但實際在運作的大概只剩國防部與內政部少數幾個司，其他都是豢養貴族的虛職。總統表面上是貴族限定投票選出的最高領袖，但除了控制能源命脈的仙特委員會，握有實權的只有長老們組成的萬年市議會。因次想要對付華克里斯多夫，市議會將是最後的希望。

所以第三步就是等到有適當的證據後開始進行網路宣傳的行動。如今又得知有朱古德這樣的「聯政同盟」勢力存在，相信只要成功在市議會提案，就能藉由民意的壓力以公審的方式卸除現任仙特主席的職權。屆時華克隆的父親遭到監禁，那麼名義上唯一擁有仙特主席血統的華克隆就能順利出掌委員會。

「一個新的國家將由我們來重新打造。」華克隆說。

雖然邵保對從政一點興趣也沒有，但這句宣示讓他發出了會心一笑。無關認同不認同，只因為他忽然想起了朱古德對他們說過的話：

「我看到了希望，為我們的國家感到高興啊！」

雖然當時是個令人汗顏的誤會，而他只是單純地想保護心愛的人、想活下去，但如果真的能帶給整個國家一個好的改變——當然樂見其成。

「英雄！」是每個男孩子潛伏心底的龍心。

☆☆☆☆

「你怎麼可以沒有經過我同意就做這種事？It's so ridiculous. 有人跟我說你是個女僕癖，成天待在家裡不幹正事，既沒交際應酬也不打獵立勳，是男人的恥辱，叫我要跟你解除婚約……你居然還有臉打電話來！我跟你說，我不管你那個女僕是誰，是多麼妖豔迷人，她膽敢違反規定，沒封爵就穿著王室的服裝到處亂晃，一定要讓她吃不完兜著走，現在『夏獵嘉年華』還在辦，信不信我馬上就可以檢舉她，讓她去填個補充名額……」

這練羅莉不好辦，一接電話不等人問候就霹靂啪啦說個不停。

但華克隆也不是省油的燈，趁她喘口氣的片斷，劈頭就說：「妳閉嘴，聽我說，不然事情換是妳找女僕欺騙我，我們解除婚約，妳自己想辦法找人去填夏獵名額。」

「Oh no! 你太卑鄙了！」雖然口裡罵著，但聽聲音是識相屈服了。

華克隆繼續說：「我要跟妳求婚，妳現在就過來我家吧！」

他話一說完，練羅莉等了幾秒時間才理解過來，開始直喊：「Oh my God!」但華克隆沒等那分不清是驚喜還是驚嚇的回應結束，就要管家把電話給掛了，再轉頭交代聶倩說：「下去叫人準備一下。」

計畫開始進行了！少爺難得一次辦宴會，全府上下總動員，忙得人仰馬翻。

驕縱的練羅莉打扮誇張得像個洋娃娃前來，儘管裝模作樣，她對華克隆的邀約不敢不理會。而當她想理論為什麼沒經過她同意華克隆就一個人擅自決定要結婚，他給了她鎖在隔音良好的娛樂室做為答覆，順便解決那個女人喋喋不休的困擾。

到了傍晚，多虧席帝城不大，練總統夫婦以及大部分有頭有臉的賓客在之前的政治娛樂新聞加溫下，儘管通知匆促，但除了少數特別沉湎狩獵活動而敢忽略華府請客的呆子，大都如期赴宴。因此主人翁華克里斯多夫不得不出面，親自來主持他獨生愛子，也是最重要的繼承人，決定婚姻大事的場合。

然而華克里斯多夫一進府就直朝少爺府的廂房而來，華克隆孤身以待。他一來就坐上起居室的沙發，兩列侍衛武裝慎重，場面極其嚴肅，一點父子準備促膝談論喜事的味道也沒有，讓躲在隔壁寢室借助監視器一旁觀察事態發展的邵保等三人冷汗直流。

「練羅莉呢？」華克里斯多夫一邊拿出專用的菸斗點起菸抽一邊問。

「在房間換衣服，要不要我叫她出來？」華克隆討厭菸味，皺皺眉頭以他一貫的冷淡語氣回答，好像這一切都不關他的事。

「不用了！你們講好就好。要知道這個練史考特雖然裝成不管事的花花公子，但騙不了我，虎視眈眈就是要我的位子。但不論如何，他現在家大業大，這個親家一定要結，其他的你們年輕人高興就好，我不管。」

華克里斯多夫叮囑著，吐了口煙後又加了句：「小鬼，先警告你，千萬別搞怪！」

「喔！」華克隆隨意哼一聲應付，率性的態度果然又惹得他的父親勃然大怒，站起身來舉手本來一巴掌就要打在他臉上。但他瞬間大概考慮到等一下還有大場面需要小子來撐，硬是忍了下來，換成捏捏臉頰斥罵說：「你這沒用的傢伙，這種時候不去沾點血腥，玩玩有點男子氣概的東西，卻搞出這麼一套女人家心思的扮家家酒，怎麼想都很難相信你身體裡流有我的血。」

「我的確是想玩點血腥。」華克隆無懼威脅，冷笑回答。

華克里斯多夫一時間沒聽懂，愣了一下！後來似乎領悟到什麼，就放聲大笑，拍拍兒子的頭終於擺出個算是溫和的臉色說：「Fuck you! 做什麼都不行，就出那張嘴！你去搞政治好了。搞倒練史考特，他的女兒就可以玩玩算了。」

說完，他終於帶著一票侍衛浩浩蕩蕩離開起居室了。

☆☆☆☆

「玩點血腥？你什麼意思？提醒他我們想謀害他是不是？嚇得我手心都是汗。」出來起居室會合，邵保首先發難質問華克隆，但他哼了一聲不回應。

聶倩連忙替主人辯護說：「少爺是在試探老爺，看他有沒有在懷疑我們。」

邵保仍擔心地問：「那他為什麼會笑？笑得我雞皮疙瘩都起來了！」

「他笑，是因為他想歪了！」聶倩紅著臉，低下頭囁嚅著說。

「想歪？」他還是沒搞懂。

這時愛微忽然也聽明白了，哦了一聲後也羞紅了臉不吭聲。等邵保不識趣繼續追問，她只罵他笨蛋要他自己想，不肯透漏一點口風。直到華克隆提醒他們該上路了，他才換個話題問說：「你這樣對待練羅莉，她怎麼還肯跟你配合。」

「不用你操心！她比誰都愛面子，絕對演得最好。」華克隆篤定說著。

☆☆☆☆

仙特公司位於山丘圓頂的正中心，外圍一圈高牆守衛。照華克隆推演的程序，由邵保拿著仙特的構造圖，趁聶倩引開執勤警衛注意的間隙，愛微以手指取得通行許可，兩人從側邊的一扇主席專用通道進入。

已經入夜，仙特公司一樓全透明的門廳遠看像隻瞪大的怪獸眼睛，燈火通明。主席的豪華住宅有車道可以從兩側上坡進入，在怪獸綠意盎然的頭上像頂不搭調的皇冠。

愛微身穿厚重的技術人員打扮，還特地畫濃眉毛、抹些油污修除美貌，好增加偽裝男子的說服力。從側面的電動門步入室內，就能看見位於大廳中央高起的中控區。因為少爺府的宴會順利進行，裡面沒什麼人，只有櫃台坐著一個穿制服的男人翹著腳看雜誌，沒留意到他們進來。

邵保帶頭走上前，環顧四周的圓形金屬牆面以及各種樣式的儀表、面板，興奮地發現自己看到的應該就是在課本裡簡單描述過的太空艙。

「身分？任務？」

「內政部消防署三隊分隊長陸・沙可夫・賈多與內勤組技正陸・沙可夫・耶羅托，消防檢查與警報器改修。」邵保故作輕鬆，把練習多次的口白一口氣唸完。

「兄弟？」

「沒錯！」

負責中控區輪值的安管人員抬頭看看他們，點了點面前的電子螢幕再側過頭瞄了愛微一眼，就把兩張臨時證丟上櫃台給他們。華克隆已經成功駭進資料庫，捏造了身分與修繕申請單，因此取得驗證後，他們轉身準備開始下一步計畫。

「等等，這裡沒有顯示你們的大門出入紀錄，你們是怎麼進來的？」

警衛的系統直接連結警政署，因此他們選擇利用專用道來躲過安檢。卻沒想到這位安管這麼仔細，連大門口的訪客連線顯示也不漏過。這讓原本就很緊張的愛微背朝櫃台直發抖，還好邵保夠鎮定，他立刻轉過身一臉正經硬拗說：「我們有知會啊！然後警衛開門我們就進來了！那裡還有個女僕，也可以作證。」

邵保是想讓對方知難而退就放過他們，這招在思固窩很管用，畢竟找人對質各說各話最麻煩了！但對方想了想，只再問：「女僕啊……長得怎麼樣？」

邵保有所意會，立刻加重語氣回答：「胸大可愛，講話很嗲。」

「這些警察，都交代過幾次了！主席家的女僕不要碰，就是色性不改。」

「那沒事我們要去幹活了！」見對方似乎已經釋疑，避免旁生枝節，邵保邊說邊拉拉愛微的手，試探地跨出腳步準備要走。

「你弟怎麼啦？」安管人員低著頭輸入紀錄時隨口問。

「對不起！他第一次出任務就來到仙特，太緊張了！」邵保機靈回話。

「叫他別太緊張，把事情好好做好。主席很講究品管，是會送貴族去流放的。尤其是夏獵還沒過，最好小心一點。」

邵保連忙應諾，總算是過了關。兩人匆匆離開櫃台，接著翻閱手中藍圖，按照第一頁全圖草稿的影印本來看，仙特以覆碗的樣式分三節連結，愈下層愈寬大，形狀像個大鐘。標示的區域看來有十二層，然而仙特公司運用的範圍只有以古語標示為「The Probe」的最上面五層。深埋在地下的另兩截，就只能知道分別是「The Station」、「The Ark」。

安全梯都封閉，因此必須搭乘唯一的直升降梯進出。進去就看見操縱板上除了區隔出直達樓上主席住家的特製按鍵，其他則由上而下標示著MB、B1、B2、S、PC等樓層代號。

邵保繼續翻閱接下來的五張各樓層構造圖，同時留意著一舉一動都有人監視，所以少說話、快做事才是上策。愛微逐漸進入狀況，也意識到同樣的壓力，因此兩人話不多，合作無間，任務順利進行。

B1是一般辦公區，在這裡安裝假警報器的攝錄機純粹掩人耳目。到了B2，除了會議廳以外都是專屬研究室，每道門都有掌紋密碼鎖控制，沒辦法隨意進出，但他們的目標是通道最裡面的主席辦公室。擔心曝光，在走道安裝另一組時他們小聲爭議著該不該進去。邵保打算一有狀況就把事情推給正在為兒子主持酒會的仙特主席，賭看看他們敢不敢這時候驚動主人，就硬著頭皮上陣了！

識別證無效，愛微以手代替，觸碰了感應區，門就無聲滑開了，一直到他們出了辦公室都沒有人來干涉。就此，整個行動最重要的機器成功啟動了即時監錄功能，就等華克隆家裡連線的監視器接下來能否錄下值得上法庭一搏的珍貴畫面。

接下來是倉庫，照例也必須裝個幾台應付。而代號PC的最底一層無法使用手頭的臨時證鍵入，於是愛微再次用手按壓了識別證區，果然起了作用。

門一打開，出現眼前並不只是用來產生巨大能源的發電廠設備，而是前人為保住人類在仇恨的核彈報復攻擊行動中免於滅絕，集合最尖端科技研發的救星。那是顆位於能源室正中央的超合金能源球，直徑比一個人高，既是一台可以啟動電子防護層保護整座城市免受核彈輻射攻擊的最先進防衛武器，同時也是發動仙特這艘超級飛艇的主力引擎。

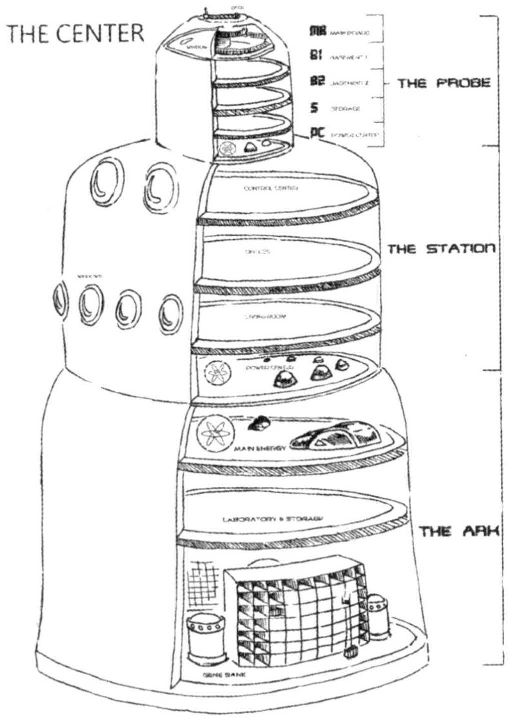

懸於半牆上的控制室裡邵保順利完成了任務，手裡就剩下最後一台。兩人稍微鬆了一口氣，緩下步調尋找下一個合適安裝地點的同時，忍不住流連於眼前這具超級引擎的宏偉構造。很快他們就明白這裡是人類飛出天龍國的希望。儘管這希望因為野心家獨佔而遭受變造、曲解，但事實擺在眼前，先祖留下這樣的設備，就表示他們也認為小小的天龍國不會是人類最後的家園，外面的世界終將有復原的一天。想到這樣的可能，兩人相視會心一笑。

「如果有一天我們能夠離開天龍國，不必再擔心人口壓力，也沒有一大堆你要怎麼生活的規定，有一個專屬於我們自己的家，想做什麼就做什麼，沒有人管，那該有多好啊！」愛微如癡如醉說著，邵保猛點頭表示同意。

另外，翻回到第一頁顯得陳舊的草圖，雖然圖上只有古語標示，邵保看得出來腳底下應該還有另外七層更大、更神秘的地方。基於好奇心，他忍不住蹲下身來在冰冷堅實的超合金地板上摸索，想找找有沒有繼續往下探測的可能。然而地板紋路古怪，整面銜接詭異，別說出入口，連個接縫都找不到。而敲打起來聲音篤沉，試了好一會兒都沒什麼發現，只好放棄！

忽然直升降梯的閘門大開，他們來不及反應，就看見一票武裝警察押著被銬著的聶倩走了進來，而領隊竟然是官復原職的姜彼得！一見計畫曝光，邵保情急之下就把最後一台攝錄機塞到巨大的核子引擎底部的間隙裡，然後衝上前去企圖製造混亂並大叫愛微逃走。可惜他們兩個根本不是訓練有素的武警的對手，一下子就都被制伏了。

被壓制的邵保眼睜睜看著幾個技師手持電子探測器跟了進來，他們四處搜索，找到所有他啟動的攝錄機拆除後，全數收進一個印著龍紋圖騰的金屬盒子裡，除了他最後隨機匿藏的那一台。

十 審判

御監的機械門喀喀作響啟動，打開後只見華克里斯多夫獨自一人出現。他走到最裡面的一間禁閉室，氣急敗壞罵著：「Fuck! Fuck! Fuck! 就說你完全不知情，是那個朱古德勾搭上你那個叫什麼來著……的大奶女僕，其他的我會找人搞定，就像練戴文的那一次，懂嗎？」

「練戴文……你居然還有臉提他！」華克隆喃喃說著。

「Fuck you! 就是學不會教訓，搞不清楚那些人可以用，那些人是禍害！」

要不是鐵欄杆擋著，華克里斯多夫八成一巴掌就打過去。但不能意氣用事，平常嬉皮笑臉的練史考特這次抓到他的要害，一反過去什麼都無所謂的態度，吃了秤砣鐵了心就是不肯放手。之前對方為了自保，不惜犧牲兒子，這次卻是換他保不住兒子就保不了權位。

沒辦法，只有先拉下老臉安撫這個永遠摸不透在想什麼的古怪兒子。

他努力按耐住脾氣說：「那你要什麼，只要我辦得到，一句話，絕對沒問題。」

「我要的，你已經沒辦法給了！」牢房裡只傳來這樣冷冷的回應。

想起過去衝突的源頭，華克里斯多夫氣急敗壞吼著：「不就是個女僕嗎？真搞不懂你，每年選上來最好的貨色不是都給了你？要不然這樣，你窩藏的軍妓我幫你擔保，把罪推給那兩個搞『聯政』的敗類就是了。」

華克隆寒著臉不多說一句話，他知道滿手血腥、滿腦子汙穢的獨夫老爸對什麼是愛、什麼是人性，只會給個不如狗屎的評價，也就不再費勁多作爭辯。

相對的，做了這樣大的讓步還得不到兒子善意的回應，華克里斯多夫也納悶得很。權傾一時的仙特主席發現自己居然也有莫可奈何的時候！

沒辦法再多想，為了維持尊嚴，他最後改以命令的口氣吩咐：「就這樣，所有的事交給律師說，你不用回答任何問題，像練．史考特．戴文的那一次就可以了！」

☆☆☆☆

第二天早上十點鐘，審議庭開始。

議長黎秀次因為其被告身分不能依照慣例出席主持，因此高高坐在三位法官正後方擔任聽證會主席的是現任總統練史考特，他好心情地朗聲宣布審判開始。另外他身邊的貴賓席上還有一臉不高興的華克里斯多夫，以及年邁的軍團總司令姜迦勒與他的侍從官，到場擔任陪審。

對姜迦勒而言，出來散散心比窩在偌大的家裡成天看著派不上用場的酥胸美腿感慨歲月不饒人來得好。華克里斯多夫可就完全不同，擺在眼前的是一場向他逆襲的政治鬥爭，但他已經備好籌碼下了注，等著開盤。

公開受審不是一般平民百姓所能享有的待遇，因此愛微一干人等早已押送賊窩拘禁，註定是無法更改流放的命運。所以鍊在被告席上的，分別是還吊兒郎當的黎秀次、一副事不關己的冷面華克隆、不住哭爹叫娘喊著冤枉的練羅莉和緊握拳頭仍抖得厲害的朱古德。

一開場，首席法官巫・馬凱・馬利敲槌威嚇練羅莉閉嘴後，先來段義正嚴詞的訓示說：

「黎議長，身為國之四柱，蒙受大恩，你的所作所為是否對得起國家？」

「喝杯酒、發發牢騷就對不起國家，國家也未免太脆弱了點吧！」

「放肆！」

「是你問咱，咱才回答的，怎麼又說咱放肆？你是哪裡受的法庭訓練啊？」

「是你法官，還是我法官？不管你之前是什麼地位，法律之前人人平等，不准問問題，聽到了沒有？」

「說平等又不准人問，那是哪門子的平等……你知不知道為什麼他們老是找你當首席，巫馬利？」

「當然是因為我資格老又處事公正。」

「是因為你蠢又容易收買！」

「Order! Order!」

黎秀次無所忌憚，當庭就和法官槓了起來，氣得對方議事槌猛敲。但等到場面鬧僵了，檢察官古・諾夫・伊利亞德才慢條斯理站起身來宣讀起訴理由說：

「根據國防部憲兵指揮部直屬城市防衛二團少將司令官，姜・提摩太・彼得報告，天龍國直轄席帝市議會主席，黎・信兵衛・秀次，被控與行政院內政部戶政司司長，朱・桑德拉・古德，兩人陰謀從事政治顛覆活動，涉及違例偷渡平民入城、竄改國家列為重大機密的血液辨識檔案、妨礙憲兵執行公務、公開毀謗代表國家權威的憲警指揮官，以及誘導仙特能源科技公司的指定繼承人華・克里斯多夫・克隆協助其入侵仙特總部意圖不軌當場人贓俱獲等罪證確鑿。以上陳述皆經過詳實調查並掌握確切人證物證如附表所示，由於本案關係國家安全與尊嚴至甚，敬請鈞上務必從重量刑以儆效尤。」

這份姜彼得的報告將矛頭指向了黎秀次與朱古德，於是朱古德為自己辯護說：「血是不會騙人的！沒有人能侵入國家層層設牆保護的血液辨識資料庫。偷渡平民更是笑話，在戶政司的資料庫裡，平民只是一大串令人頭皮發麻的拼音單名，連誰是誰都不知道的我怎麼接洽偷渡哇？沒弄錯的話，管理門禁的是防衛二團，平民是怎麼混進來的應該問他們才對，與我何干？」

「別狡辯！你辦公室就違例藏了個平民替你做事，不但如此，你還勾搭了個女廚師，你這卑劣的戀平民癖。我的眼皮之下連隻蒼蠅都飛不過去，就等這一天要把你一網打盡！」證人席上的姜彼得未經許可就直接起身喊聲發言。

「胡扯！那根本是兩碼子事，身為執法人員怎麼能指鹿為馬，隨便捏造故事來陷害人！」朱古德激動地抗議，結果不耐煩的巫馬利下令法警執行電擊維持秩序，這場眾人議論紛紛的騷動才在一陣淒厲的哀號聲中暫時告一段落。

接下來是律師古・諾夫・波希利上場，他與本次檢察官是對法界知名兄弟檔，兩人各自選邊打擂台。然而辯論的重點全放在華克隆涉案的罪責歸屬，脣槍舌戰多時，其他的被告根本沒有申訴的機會，基本上都已經認定了犯行成立。

雖說華克隆除了罪，女兒練羅莉也就跟著脫身了，但練史考特認定這是場背水一戰。不像黎秀次或華克里斯多夫，他三妻四妾，兒孫多到連自己都數不清，家族裡也沒有姜家那種論資排輩的傳統，隨便找個人就可以代替。這些年要不是靠著他裝憨賣呆，低聲下氣巴著華克里斯多夫後面當應聲蟲，連最疼愛的天才兒子都犧牲了，哪能有今天？何況近日謠言傳得沸沸揚揚，沒正式驗過，誰知道女兒會不會真的是自家老婆為了爭寵隨便抱來的。

與總統同一陣線的檢察官知道這一仗輸不得，小心翼翼演繹著所主張的論點，把有利的證據重新整理後，繼續追述說：

「雖說朱古德濫用職權前科累累，為達其政治主張，偷渡流放犯協助作案罪無可逭。但從其取得列為極機密的仙特構造圖、打開主席專用科技鎖的可能性，私人實驗室研發的微型核動能機與查扣之攝錄機內裝相符等事實，加上長期窩藏叛逃的軍用女僕以現行犯就逮，一切證據都指向華少爺的嫌疑最大。」

「熟悉仙特機密的並非只有華家，前任黎家也有相等的嫌疑，事實上朱古德的午餐密會就有多人指證黎秀次在場。另外，實驗室研發成果，或是私人女僕，都有遭人竊據的可能。試問，在席帝城裡女僕背著主人偷漢子是新聞嗎？依我看，有從一而終的才稀奇吧！」

古波希利譏諷的宣告引起在座男性一陣表達同意的哄堂大笑，氛圍明顯有利，緊接著他就火力全開企圖結論說：

「所以說，檢方提到關於我方當事人的部分，頂多只能就窩藏並侵占軍用財產審理。再以犯罪動機來看，陰謀顛覆自己將來註定要接管的權位聽來更荒謬。因此我方再次重申，檢方的陳述都只是片面、偏頗的推論，根本沒有任何直接證據能夠證明華・克里斯多夫・克隆涉案。」

論證鏗鏘有力，旁聽席眾人頻頻點頭稱是。

但這時華克隆卻忽然朗聲說：「不！整件事都是我策畫的，不信我給一組密碼，你們自己去資料庫裡找，要什麼證據都有。」

被告居然主動坦白犯行，讓現場所有人一時傻眼，辯護律師更是氣得當場摔掉手中價昂的電子平板走人。而檢察官瞠目結舌，為了這個天上掉下來的逆轉勝感到難以置信，一時間竟接不上話。

在貴賓席上，華克里斯多夫失控飆罵：「Fuck yourselves!」練大總統也洗了一趟三溫暖，不顧平日努力維持的紳士形象，對自己不可思議的好運放聲狂笑。

既然主嫌招認了，急著顯點威風的巫馬利毫不客氣，就將華克隆一干人等——除了不能死的黎秀次收押御監——包括他窩藏的女僕聶倩、一直喊冤的練羅莉、以及招待逃犯的朱古德，全部當庭判決流放，即刻執行。

同時，仙特主席因為血脈斷絕必須配合國家安全特別條例接受一級戒護，直到確認他的職權成功移轉。因此當華克里斯多夫揚言要死大家一起死，怕死的貴族們立即同意大總統動用事先安排好的醫療特勤小組上前制伏他，給了一針鎮定劑後，套上精神病院專用的束縛衣就帶離開了現場。

☆☆☆

這個貴族的「夏獵八日」為了延長樂趣，一向有補充流放名額的慣例。

市議會裁示當晚就將罪證確鑿的叛亂分子押解到「賊窩」等候流放，那裡還有前一天就送回來重歷夢魘的邵保、愛微、無辜遭受牽連的林鳳、聶倩，以及各機關為了節期獎勵，積極藉著檢舉、誣陷貢獻而來的一大群倒楣可憐人。

依規定，前一天晚上太陽下山前會招喚所有獵人回城點名，順便進行第一回合的戰績統計並追蹤失聯人員，這時「功勳彪炳」的英雄團隊將額外受到注目，成為新的賭盤標的。

因著「華少爺叛國事件」轟動一時，這次流放活動萬人空巷。

犯人大多是待過城市的人，彼此很難取得信任。邵保則帶著愛微，說服了同案的另外五個人，懷著最後的希望，穿越伏瑞司特走到當初遇見小俠的地方。

一路上，驕縱的練羅莉靠著華克隆脅迫，在聶倩的安撫下哭哭啼啼勉強跟上。途中遭遇了幾個瘋子，癡心妄想能拿他們當作換取生存機會的籌碼，以及一小隊的貴族獵人，為了博取名聲不惜違例滯留，攻擊疏散中的流放犯。

然而幾個人合作逃過劫難，經歷千辛萬苦才到達目的地，卻沒想到竟只得到了一個晴天霹靂。小俠坐在半山腰的洞口，一見面無視邵保與愛微不計前嫌的熱情招呼，劈頭就破口大罵說：「都是你們，早說席帝人不能信任，你們偏不信！」

一問之下才知道，原來孫惠做了叛徒，為了獲得特赦而出賣了鬼窟。結果小俠為著保護夥伴，引爆預藏的火藥，把秘道給炸了！

「就算是這樣，他們現在也還有幾個軍人要應付，其中一個還是麒麟兵！」

霹靂啪啦罵夠了，小俠看著沒啥反應的一群人覺得無趣，就拿出腰際的峰登器準備離開。得救的希望破滅，邵保一群人也大半沒有力氣再多說或多做什麼了！但愛微不想那麼快放棄，就打破沉默，試探性地喊住小俠問說：

「那你為什麼不留在鬼窟，而要留在這一邊？」

「當然是等著跟你們算帳！」

這麼一回話小俠上了勾，又蹲了下來，認真地用眼睛掃視了底下這個新團隊。等看出其他幾個都是席帝人，還有一個如假包換的女僕，玩心又起，就抽出腰間的刀，煞有介事地揮舞著說：「待會兒獵人來了，不會喜歡獵物死得太快，通常都會好好戲弄一番。還好我有一把刀，妳們女人家不想受到侮辱的，可以借去用。」

果然愛微聽了臉色慘白，發出尖叫聲。邵保抱緊她，瞪小俠一眼，責備他說：「夠了！算是我們對不起你，事到如今就不要再多說了！」

然而聶倩卻真的走上去求刀，他也爽快地拋了下來，插入地面，任由她拔走。走回原位，她就淚眼汪汪對著華克隆說：「少爺，能死在你的刀下就是我的幸福了，求求你成全我吧！」

華克隆，整件事情的主謀，自從被捕後就一副冷峻陰霾的撲克臉一句話不說。這時他靠著牆坐著，從聶倩手裡拿過刀，不發一語就隨意又拋了出去。小俠機警以峰登器一躍而出，才一面罵著死沒良心一面把刀子從河溝裡撿回來。

然後朱古德忽然開口問華克隆說：「你大可任由律師把責任都推給我們，就不必跟著受苦，現在是什麼情況？是在替你那個沾滿血腥的家族贖罪嗎？」

華克隆終於開口，卻只是冷冷地說：「不關你的事。」

「什麼不關我的事？老黎、鳳姐，還有練大小姐，我們幾個都是被你連累的，你怎麼可以這樣說話？」朱古德憤慨地表示，只換來獨自蜷縮一旁的練羅莉又開始大哭冤枉響應。

「至少對大家說聲對不起吧！」愛微已經回過神，就發聲勸自己的哥哥，希望在這艱難的時候不要把氣氛鬧得更僵。

但華克隆卻咬著牙，難得發脾氣說：「沒什麼好道歉的！活在天龍國不如不活。自從那個畜生喝醉酒蹂躪我的保母給我當成人禮，我就寧可死也不要活在他的蔭庇下。妳還得感謝我對他的恨，才敢從他那裡把妳媽搶過來，讓妳保住一條小命。」

他面目猙獰，一邊說著，居然把自己的手掐出了血絲來。愛微讓他給嚇到了，不敢再多說什麼。而聶倩一看到他那副恐怖的表情，卻擦掉眼淚，靠過來把他的臉埋進自己的胸膛，像哄小孩般說著：「好少爺，都沒事了！你現在有一個小女僕會永遠愛著你，不要再想過去的事了！」

接著，靠得最近的邵保和愛微隱約聽到了一種類似動物垂死前的呻吟聲，他們才知道看起來冷酷的華克隆，也有他的哭泣。

「只要有好東西可以吃，就好死不如賴活著！」朱古德也不跟華克隆計較了，坐在林鳳身旁，忽然沒頭沒腦的來這麼一句當回應。

☆☆☆

不久，炮聲響起，狩獵再度開始！

小俠再次握緊手中的峰登器，準備重新開始他當年靠著當鬼在這片林子求生的日子。至於其他人，他也只能搖搖頭表示無能為力。畢竟到了最後關頭，還是只能自己救自己，也只有自己可靠。

底下七個手無存鐵的人，六個一臉驚恐。只有華克隆哭夠了，愛逞強的他竟然粗魯地推開好心安撫他的聶倩，不動聲色整理好儀容，繼續掛著那一副招牌的老K撲克臉。接著，他脫下左腳的皮鞋，鞋底朝上握在手上，看著遠方繽紛煙火，無來由地對著抱愛薇安撫的邵保冷冷問道：「你被沒收了幾台？」

邵保愣了一下，眼神對上了華克隆才意識到這問題是在問他。雖然不知道對方用意為何，他還是照實回答說：「除了有一台沒開機，趁亂丟進核子引擎底下，其他的應該是全都被抄走了！」

「一台？夠了！」

說完這耐人尋味的一句話，華克隆轉出鞋跟，拉出暗藏的伸縮天線，朝鞋跟內按了幾個鍵。緊接著，出乎眾人的意外，在席帝的方向居然發出一道通天的強光！還沒人來得及思考是怎麼一回事，瞬間雷聲轟隆、天搖地動、狂風飆襲。

天空出現了只在歷史課本附圖見過的香菇大雲。

不遠處的凡思滋滋作響，彷彿感應到了什麼信號，全部開始大放電。瞬間風馳電掣，從邊界向著席帝城交織成了一張超大電網，罩住整個天龍國。隨後，核爆的強光被包覆在席帝城裡，遠遠看過去，像是一顆超級瓦數的電燈泡正在發亮。

「那不只是攝錄機，是遙控炸彈！」

等邵保稍微回過神來，就對著華克隆氣急敗壞大喊。

華克隆毫不在意這樣的指控，當所有人急著趴在地面找掩避時，他仍倔強迎著暴風沙發出狂笑。直到小俠過去將他撲倒，並且大罵說：「你瘋了！」

連一個經常被罵瘋子的人都說他瘋了，他的瘋狂可想而知。

但躺在地上的華克隆少見地露出滿足的微笑，對天朗朗宣告：

「天龍國權力傲慢、腐敗墮落，本庭宣判——死刑！」

片尾

「邵保，能不能教教你兒子啊？別讓他什麼東西都往嘴裡放。」愛微拉住好動的兩歲兒子，強制取出他塞進嘴裡的不明蘑菇，隨口對著愛人抱怨。

「我不知道，以前他們在思固窩從來不教這個。」邵保手裡正忙者將嬰兒床加高圍欄，試圖為自己多爭取點可以安心睡覺的時間。

「喂！是你說喜歡小孩，我才生的！怎麼可以不負責任？」她抗議。

在森林裡生活了多少日子呢？邵保也記不清楚了！自由的甜美滋味很快就被各樣煩心勞力的工作疲累取代，但他不會說這是枉然。能跟所愛的人共度一生，朋友之間不用猜忌，真誠互相支援，感覺還是幸福。

蹲久了，邵保站起身來伸個懶腰，隨意四周看看。在樹上當哨的小俠和他目光一交接，立刻露出個詭異的笑容說：「別看我，我只養過蟑螂。」

很久未再出現「殘存者」來襲了。經過核爆，城裡的人想必都難逃一劫，而在城外倖存的，不管是獵人還是流民，老實說也好不到哪裡，除了受到了輻射汙染，心理上也大都因為過度驚駭造成嚴重創傷，想來不會有什麼人活下來。

現在還維持崗哨只是求個心安，所以有機會就加入閒聊打發時間是常態。

「練羅莉呢？」

從沒想過跟小俠這樣我行我素的獨行俠請教育兒經能有什麼幫助，邵保乾脆岔開話題，隨意問。

「誰知道？都過了快三年還在生悶氣！這女人……一大早就不見了，可能又哪裡找棵倒楣的樹刻字洩忿吧？」小俠漫不經意，一邊耍刀一邊回答。

另一個樹屋前，挺著大肚子的聶倩哼著歌，把已經光亮如新的皮靴、手斧、鎧甲……這些從殘存的貴族手中奪取的戰利品，全部重新再搬出來擦拭一遍。

聽到先前的對話，她回應說：「事實上養小孩很簡單，你想要他做的就獎勵他，不要他做的就處罰他，自然他就會按著你想要的樣子長大。」

她說得頭頭是道，小俠不知道是不同意她的說法還是不認同潔癖的行徑，搖著頭說：「每天把老公的裝備搬出來擦兩次，煩不煩啊？妳看我的刀子從來不保養，但是砍樹、殺蛇……還不是靈光得很。」

她不置可否笑了笑，一臉甜蜜地自顧自說著：「少爺和你們不一樣，即使是到了這樣蠻荒的地方，他還是不失身為天龍人的尊貴。」

貴族的優越？對於這個已經不知吵過多少遍的價值觀爭議，小俠不想再多談。何況對方的男人不管是真心還是假意，這時候正在外頭冒著風險，忙著替大家測量輻射汙染的安全界線，順便找尋出路。於是他呿的一聲抗議後，就不多說話了！

倒是邵保揶揄起自己的妻子說：「妳以前不是很想當女僕嗎？怎麼不多學學人家是怎麼對待老公的。」

「你敢嫌我？還敢想要女僕？找死啊你這臭保！」說著愛微老實不客氣狠狠捶了丈夫一拳，結果兩個人竟丟下看得呵呵大笑的寶寶追打了起來，直到傳來朱古德洪亮爽朗的喊聲說：

「用餐時間到了！」

森林裡的食材千奇百怪，認錯了就會出人命，因此由他們夫婦自願負責起大家的伙食，沒有人有異議。

「還好有救了個廚師出來，所以當年的行動不算是完全失敗。」

說著，小俠站起來伸展一下窩久緊繃的身體，再高興大叫一聲：「吃飯囉！」就抓了條樹藤擺盪而去。

他們在戶外靠著山壁野炊，當小俠到了勉強擋擋風沙的簡易木造餐廳，就發現練羅莉早先一步在那裡了。

這倒不是因為她貪吃，而是她有個毛病，就是交往以「血統純正」為條件，而目前僅存的另外兩個貴族中華克隆不愛搭理她，所以她別無選擇到這兒來。

然而從朱古德哭笑不得的表情來看，就知道他又在承受著那些已經不知質詢過上千次，細數每個人「錯誤」的公主諭示。小俠見識過，全然不是他過去自信滿滿的油嘴滑舌能夠招架，所以不願意掃到颱風尾巴掉頭就想走人，打算等其他人也來了再說。但朱古德像是溺水的人看到一線生機，不放過他，一個箭步就上前抓住他的手，對公主說：

「始作俑者在這裡，想知道為什麼平民學生也能夠闖過天龍國天羅地網的防護措施，跑進席帝城鬧得天翻地覆，可以聽聽這個智商不輸給張學用的小哥親口跟您解說。」

「何必比張學用聰明，天龍國的白癡公務人員本身就是最大的漏洞了。」

小俠脫口而出，但曾經是個公務人員的朱古德老皮撐著笑臉不怕罵，硬是把手抓得更緊，就是不讓走。結果練羅莉抬起下巴撇過頭，一副不屑搭理的傲慢，倒讓兩個人都鬆了口氣。

尷尬片刻，小俠隨便找個話題問說：「今天吃什麼？」

朱古德則意興闌珊地回答：「菜根、野菇、一種從樹裡頭挖出來的蛀蟲。」

「How dare you serve a table like that? 連備個餐都這個樣，難怪國家要被說是讓你們給搞垮的！」

練羅莉回過頭又是無理給朱古德一頓訓，這讓明知扯下去沒完沒了的小俠還是忍不住回嘴說：「有得吃就已經不錯了！更何況什麼菜色到了林鳳姐的手中都能做得別有一番風味，只有妳這種被寵壞的小女生才會成天抱怨，不知感恩！」

「那要看看是誰害得本公主淪落到這麼悲慘的地步……Oh my God! What am I doing? 居然卑賤到得在這裡跟個無知小民爭辯，What a nightmare!」

氣忿忿拋下這麼一句傷人的話，練羅莉站起身，頭也不回地走了。小俠則呿的一聲後，悶悶不樂坐了下來，原本吃飯的好心情一掃而空。

「等連這些東西也沒了的時候，惡夢才真正要開始。」

朱古德望著那在斑斕葉隙光影下趾高氣揚遠去的消瘦身形，沒有挽留，憔悴的臉龐失神地喃喃吐著心底最深的憂慮。【終】

國家圖書館出版品預行編目資料

天龍國餘生錄：美女與野獸篇／盼晨著. --初版.--臺中市：白象文化，2020.3
面；　公分.——（說,故事；87）
ISBN 978-986-358-958-7（平裝）

863.57　　　　108023354

說,故事（87）

天龍國餘生錄：美女與野獸篇

作　　者　盼晨
校　　對　盼晨
專案主編　吳適意
出版編印　吳適意、林榮威、林孟侃、陳逸儒、黃麗穎
設計創意　張禮南、何佳諠
經銷推廣　李莉吟、莊博亞、劉育姍、李如玉
經紀企劃　張輝潭、洪怡欣、徐錦淳、黃姿虹
營運管理　林金郎、曾千熏
發 行 人　張輝潭
出版發行　白象文化事業有限公司
412台中市大里區科技路1號8樓之2（台中軟體園區）
出版專線：（04）2496-5995　傳真：（04）2496-9901
401台中市東區和平街228巷44號（經銷部）
購書專線：（04）2220-8589　傳真：（04）2220-8505
印　　刷　基盛印刷工場
初版一刷　2020年3月
定　　價　160元

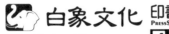